랑

랑 1 (큰글씨책)

초판 1쇄 발행 2020년 3월 25일

지은이 김문주
펴낸이 강수걸
편집장 권경옥
펴낸곳 산지니
등록 2005년 2월 7일 제 333-3370000251002005000001호
주소 부산광역시 해운대구 수영강변대로 140 BCC 613호
전화 051-504-7070 | 팩스 051-507-7543
홈페이지 www.sanzinibook.com
전자우편 sanzini@sanzinibook.com
블로그 sanzinibook.tistory.com

ISBN   978-89-6545-041-2 04810
       978-89-6545-040-5 (세트)

김문주 장편소설

산지니

작가의 말

준정과 남모.

두 이름은 처음부터 나에게 결기를 품은 화살이 되어 날아왔다. 가슴에 깊이 꽂히는 그 이름 앞에서 나는 설레고 두려웠다. 결코 잊어서는 안 될 사람을 저버리고 있은 듯, 다급해진 마음으로 사료를 찾아보았다.

아름다운 두 여자를 뽑아 원화로 삼았다. 준정이 남모를 시기하여 술에 취하게 하여 강물에 던져 죽였다.

삼국사기에서는 이렇게 짤막하게 전할 뿐이었다.

낭도들을 이끈 원화라면 그 재주의 출중함과 인물의 됨됨이가 예사롭지 않았을 것이다. 기록은 지나치게 간략했고, 원화가 오직 질투 때문에 상대를 죽였다는 내용에 의구심이 들었다. 여성 중심의 원화에서 남성 중심의 화랑제도로 바뀐 후, 전쟁에서 공을 세운 화랑의 위상을 강조하려다 보니 원화를 흥미로운 이야깃거리로만 치부한 것이 분명하다는 생각이 들었다.

수많은 낭도들을 이끌며 그 위상을 떨쳤을 원화. 나는 두 여인의 삶을 오늘의 가치에 맞추어 제대로 살려내고 싶었다. 가

5

능한 당대의 시대적 상황에 맞춰 가장 사실적인 원화와 서라벌을 그리려고 했다.

원화의 시작이 법흥왕 시절이었다는 기록도 있고 진흥왕 시절이라는 사료도 있다. 하지만 진흥왕 시절에는 이미 화랑제도가 안정된 체계를 갖춘 것으로 보아 원화의 시작을 법흥왕 때로 보는 관점이 더 설득력 있었다.

글이 막힐 때면 경주를 찾았다. 금오산에 올라 낭도들의 수련을 떠올리고 돌에 부처를 새긴 신라인들의 짐작했다. 옛 성터를 찾아 월궁의 형세를 짐작하며 원화와 화랑의 기원을 만들었다. 신라 진흥왕 시절부터는 기록이 많지만 법흥왕 때까지는 사료가 거의 없었다. 기록에 남아 있지 않은 역사의 빈틈을 메우기 위해, 나는 신라인이 되었다가 백제인이 되고, 멸망하는 금관가야인이 되었다가 왜인이 되기도 했다. 그 모든 순간이 꿈꾸는 듯 황홀한 고통의 연속이었다.

법흥왕의 묘는 한적한 교외에 고아한 소나무들의 호위를 받으며 단아하게 앉아 있었다. 햇볕이 능 위로 쏟아지면 왕의 능에 뿌리를 내린 양지꽃들이 노랗게 빛났다. 나는 팔을 벌려 능의 품에 안기며 천오백 년 전에 잠든 왕의 넋에 말을 건넸다.

　꼬박 일 년을 나는 오직 이 글에 모든 기운을 바쳤다. 잃어버린 역사의 시간과 공간을 재생해서 이야기를 만드는 작가의 행위가 얼마나 의미 있는 것인지 가늠하기는 어렵다. 다만 독자들에게도 남모와 준정, 두 원화의 기개가 살아났으면 좋겠다. 지소, 법흥왕, 이차돈, 백아, 요…… 그들은 실제 인물이 되어 내 속에 살고 있다.
　이제 그들을 영원한 안식의 세계로 돌려보낸다. 천오백 년 전 그들의 기개와 기품만 남아 독자들의 가슴을 설레게 해주었으면 하는 바람을 감히 품어본다.

2018년 가을
김문주

등장인물

준정

삼산공의 딸로 어릴 때부터 활을 잘 쏘아 신궁 소리를 듣는다. 이 차돈을 통해 불교를 받아들이고 그를 사모하게 된다. 이차돈이 죽은 후 불교를 공인한 법흥왕의 뜻을 받들어 랑이 된다.

남모

법흥왕과 백제공주였던 보과 부인 사이에서 태어난 딸로 검술 솜씨가 뛰어나다. 준정과 함께 랑이 되고 원화가 되나, 백제에서 온 사신 백아를 흠모하게 되면서 신분과 사랑 사이에 갈등을 겪는다.

법흥왕

신라의 23대 왕. 이차돈의 순교 후 불교를 공인하여 신라 불교의 기틀을 다진다. 신라의 낭도교육의 체계를 잡아 준정을 원화로 삼는다. 딸인 지소와 태자 책봉 문제로 갈등을 겪는다.

지소

법흥왕의 딸로, 태자로 태어나지 못한 한을 품고 산다. 결국 법흥왕의 아들인 비대공을 몰아내고 자신의 아들인 삼맥종을 왕의 자리에 앉혀 태후가 되어 섭정한다.

이차돈

불교가 금지된 신라에 불법을 전파하기 위해 자신을 목숨을 바친다. 준정의 연인이지만 불교를 위해 사심을 버린다.

백아(사아)

백제의 왕자로, 신분을 속이고 금관가야의 왜관에서 백제의 영향력을 키운다. 사신으로 간 신라에서 만난 남모를 사모하여, 요가 남모를 죽이려 하자 그녀를 구하려 애쓴다.

요 스님

준정의 스승이자, 준정을 낳고 죽은 준정 어머니의 오래된 벗이다. 평등한 이상세계를 꿈꾸며 그 실현을 위해 법흥왕과 원화를 해칠 계획을 세운다.

유수

남모의 호위무사로 남모를 연모하며 언제나 그 곁을 지킨다. 남모를 노리는 무리의 화살을 대신 맞고 운명한다.

김무력

금관가야의 셋째 왕자. 법흥왕이 금관가야를 합병한 뒤 신라에 와 각간이 되고, 낭도들과 함께 전투에 참여한다.

미진부

아시공와 삼엽 공주 사이에서 난 아들로 외모가 출중하고 실력이 뛰어나다. 준정을 연모하지만 왕가의 명으로 남모과 혼인한다.

김휘

금관가야의 왕족. 가야가 신라에 합병된 후, 신라에 저항하여 낭도들의 위협하는 음모를 꾸미다가 발각되어 자결한다.

천관

서민 출신의 낭도. 실력이 뛰어나 낭도에 들어 낭두가 되지만, 신분 차이에서 오는 차별을 참지 못해 난을 일으킨다.

위화랑

법흥왕과 친분이 두텁고 인물이 수려하여 많은 여인들의 흠모를 받았다. 여러 랑들을 이끌며 낭도들의 교육을 맡고, 신라 화랑의 초대 풍월주가 된다.

이사부

지증왕 때 우산국을 정벌하고 동해의 왕으로 불리다가, 법흥왕 시절에 월궁에 들어와 낭도들을 이끌고 지소의 남편이 된다.

옥진

오도 부인과 위화랑 사이에서 난 딸. 왕의 여인이 되기 위해 노력하여 결국 법흥왕의 후비가 되어 아들 비대공을 낳는다.

료헤이

백아와 함께 금관가야의 왜관에 있던 인물. 백아를 각별히 따랐으나, 낭도들과의 전투 중 유수의 칼에 죽는다.

삼산공

준정의 아버지. 준정이 활을 쏘는 것을 반대했지만, 신궁이었던 어머니를 닮은 것이 운명이라며 준정이 낭도에 들 것을 허락한다.

비대공

옥진과 법흥왕 사이에서 난 아들. 왕의 사랑을 받는 아들이었으나 지소와의 권력다툼에서 밀려나 궁을 나온 후 스님이 된다.

잠개

혼인을 약속한 여인이 순장을 당한 후 준정의 집에 와 있게 된 노비. 석벽에 관세음보살상을 새기며 준정의 마지막을 지킨다.

보도 왕후

법흥왕의 정실 부인으로 지소의 어머니. 허리에 칼을 차고 다니는 강직한 성품의 왕후이나 법흥왕의 사랑을 받진 못한다.

오도 부인

왕의 여자를 키우는 대원신통의 여인. 위화랑과의 사이에서 옥진을 낳은 후 신당으로 쫓겨나 지낸다.

차례

1

랑이 되다

시위를 당기다

"분명 이 수풀 아래 있었는데."

"안 보여요. 진작 누가 가져가 삶아 먹었음……."

"쉿! 저기."

잔솔 아래 움푹한 구덩이에서 전에 봐두었던 꿩의 둥지를 찾았다. 그런데 여덟 개나 되던 알이 하나도 보이지 않았다. 부서진 알껍데기들이 참혹한 일을 당한 듯 흩어져 있었다.

"아기씨, 저기 보세요."

달래가 가리키는 곳을 본 준정은 입으로 손을 가린 채 활짝 웃었다. 까투리가 앞장서고 새끼들이 무리지어 뒤뚱거리며 따라갔다. 알에서 깨어난 꺼병이들이었다. 준정은 새끼들의 수를 세어보았다. 일곱 마리였다. 한 마리가 부족했다.

소리 나지 않게 조심하며 주변을 살펴보았다. 둥지에서 멀지 않은 잔솔 아래 새끼 한 놈이 머리를 처박고 바둥거리고 있었다. 어미를 따라가다가 사람이 나타나는 바람에 놀라 넘어지기라도 한 모양이었다. 준정은 천천히 손을 가져갔다.

"아, 보드랍고 따뜻해."

어린 생명이 준정의 손바닥 안에서 꼬물거리는 느낌이 신기했다.

"자, 엄마 따라가야지."

두 손으로 감싸서 형제들의 대열에 조심스럽게 내려놓았다. 새끼는 화들짝 놀라 작은 날개를 떨더니, 연약한 다리를 바삐 움직여 어미의 뒤를 따랐다.

멀어지는 꺼병이들을 바라보다 언덕을 내려올 때였다.

"야! 꿩이다!"

아이들의 목소리였다. 활을 든 아이들 몇 명이 나무 사이로 우루루 지나갔다. 새끼들을 거느린 까투리가 퍼뜩 떠올랐다. 준정은 아이들 뒤를 따라 달렸다.

"저기 꿩이다. 맞힐 수 있겠어?"

"형님밖에 못 맞힐걸?"

준정과 비슷한 또래로 보이는 사내아이들이 술렁이고 있었다. 푸른 수풀 사이로 갈색 까투리가 보였다.

"안 돼."

준정이 두 팔을 벌려 막아섰다. 옷을 입은 모양이 모두 귀족 집안의 소년들이었다.

"저 까투리는 새끼들을 돌봐야 한단 말야."

"비켜! 꿩을 잡을 수 있는 기회야!"

그들 중 키가 큰 소년이 활을 겨누었다. 놀란 까투리가 펄쩍 날아올랐다. 순간 바람소리를 일으키며 화살이 날아갔다. 화살이 꿩의 몸통을 꿰뚫었다. 꿩은 수풀 속에 떨어졌다.

"쏘지 말랬잖아."

준정이 달려갔다. 준정보다 두어 살 많아 보이는 소년이었다. 작은 아이들의 활은 대나무 활이었으나, 소년의 활은 각궁이었다.

"계집아이가 남의 사냥에 웬 참견이야?"

다른 아이들 앞에서 활을 쏜 소년이 으쓱댔다.

"새끼를 거느린 어미 꿩을 죽이는 게 자랑인가요? 갓 태어난 새끼들은 어떡하냐고요?"

"활은 사냥을 하려고 쏘는 거야. 비켜."

하인으로 보이는 덩치 큰 아이가 화살에 맞은 까투리를 들고 왔다. 준정은 주먹을 꽉 쥐고 나무 사이로 사라지는 소년들을 노려봤다. 까투리의 새끼들은 어디로 달아났는지 보이지 않았다.

준정은 집에 가자마자 달래 아범을 재촉했다.

"나 활 만들어줘요. 저번에 만들어준다고 했잖아요."

얼굴에 주름이 많아 할아버지 같은 달래 아범은, 슬며시 웃으며 대나무 활과 화살을 내놓았다.

"히야!"

준정은 뒤뜰에 가서 화살에 활을 걸어 당겨보았다. 생각보다 활시위가 잘 당겨지지 않았다. 활과 화살은 박자가 어긋나듯 따로 놀고, 시위에 걸린 화살은 맥없이 떨어졌다. 여러 번 헛손질을 한 끝에 드디어 화살이 제대로 날아갔다. 준정은 땅에 꽂힌 화살을 뽑아 화살 끝을 자세히 살펴보았다.

"처음인데도 잘 쏘시네요, 아기씨. 위험하니까 꼭 제가 보는 데서만 쏘셔야 합니다."

"화살 끝을 뭉툭하게 만들어줘요. 그래야 누가 맞아도 안 다치잖아요."

달래 아범은 고개를 갸웃하다가, 유모에게 삼베와 실을 갖다 달라고 했다. 대나무 화살 끝을 문질러 뭉툭하게 만든 다음, 삼베를 몇 겹으로 덮고 실을 친친 감았다.

"에이, 끝이 뾰족하지도 않고 동그란 게 그 화살로는 아무것도 못 잡겠어요."

달래가 옆에서 입을 뾰족 내밀었다. 준정은 웃으며 말했다.

"나중에 내가 활을 잘 쏘면 진짜 화살을 만들어주세요."

"실력이 좋아지시면 서라벌에서 좋은 활을 사다 드리죠."

준정은 활을 쏘는 것이 재미있었다. 화살이 날아가며 허공을 가르는 명쾌한 소리가 듣기 좋았다. 정신을 집중하면 욕심이 사라져 과녁을 잘 맞힐 수 있다는 것도 깨달았다. 재빨리 주변을 한눈에 파악하고, 표적과의 거리도 정확하게 가늠할 수 있었다. 활의 시위를 당기는 순간 마음이 편안해졌다.

여리던 잎이 푸르게 짙어지고 냇물이 바위를 타고 흐르는 소리가 우렁차게 들렸다. 준정은 활을 들고 언덕에 올랐다. 사내아이들이 자주 활을 들고 노는 곳이었다.

"새다!"

외침과 함께 화살이 날아왔다. 나뭇가지에 앉아서 쉬고 있던 까치가 화살을 맞고 떨어졌다.

새가 떨어진 쪽에 소년들이 모여들었다. 준정이 그들에게 다가섰다.

"왜 굳이 새를 죽이는 거야? 다른 과녁을 맞히며 수련을 해도 될 텐데."

두어 명은 전에도 본 적 있는 귀족 자제들이었다.

"푸하하! 뭐야? 아무리 계집아이라도 그렇지, 화살촉도 없는 멍텅구리 화살을 가지고 있어."

삼베 실을 감아 뭉툭한 준정의 화살을 보고 비웃었다.

"그 화살로 뭘 맞힐 수 있겠어? 화살이 제대로 날아가기나 하니?"

"좋아, 한번 겨뤄보자. 대신 내가 이기면 오늘부터 새에게 활을 겨누지 마."

그들 중 막내로 보이는 소년이 저만치 서 있는 뽕나무 곁으로 다가갔다.

"이 뽕나무 몸통을 과녁으로 해요. 형님들 잘 쏘세요."

준정보다 두어 살 많아 보이는 소년 둘이 먼저 활을 쏘았다.

두 개의 화살이 동시에 뽕나무에 꽂혔다.

"나는 오른쪽으로 길게 뻗은 맨 아래 나뭇가지, 마지막 잎을 맞힐 거야."

준정이 활을 들었다. 소년들의 화살이 꽂힌 바로 아래, 오른쪽으로 뻗은 짙푸른 잎사귀 하나. 숨을 고르고 화살을 쏘았다. 잎이 떨어졌다. 뽕나무에서 몇 발자국 떨어져 있던 소년이 놀라 준정의 화살을 주위 달려와 준정이 맞힌 이파리를 내밀었다. 소년들의 얼굴에서 웃음이 걷혔다.

이번에는 더 멀리 있는 소나무를 과녁으로 삼았다. 두 명의 소년 중 한 명의 화살만이 소나무에 꽂혔다. 소나무 가지 사이로 옻나무 잎이 바람에 흔들렸다. 붉은 잎이 보였다가 사라지기를 반복했다.

"난 저 붉은 잎을 맞힐 거야."

준정은 정신을 집중했다. 푸른 나무들 속에서 붉은 잎이 선명하게 다가와 멈추는 순간 활을 쏘았다. 붉은 잎이 떨어졌다. 소년들의 입에서 짧은 탄성이 터져 나왔다.

"살아 움직이는 표적은 더 맞히기 어려워. 그래서 새를 쏘아 맞히는 거지."

가장 실력이 좋은 소년이 도전적인 눈으로 준정을 보았다. 그때 소나무 옆에서 뭔가 움직이는 소리가 났다.

"저 나무에 새가 앉았어요."

과녁이 된 소나무 옆에 서 있던 소년이 손가락으로 가리켰다. 소년이 활을 들어 새를 향해 다가갔다. 준정도 활을 겨누었다. 몇 걸음 다가가던 준정이 갑자기 몸을 틀어 소나무 옆에 있는 소년을 겨냥했다.

"무슨 짓이야?"

준정이 활을 쏘았다. 소년이 비명을 질렀다. 놀란 소년들이 달려가다가 멈칫했다. 준정의 화살에 맞은 뱀이 널브러져 있었다.

"이랑! 괜찮아?"

"하마터면 뱀한테 물릴 뻔했어. 뱀이 아직 살아 있는 것 같아."

떨고 있는 소년을 데리고 모두들 뱀에게서 멀리 떨어졌다. 새를 쏜 키가 큰 소년이 말했다.

"실력이 제법이구나. 오늘은 이랑이 놀란 것 같으니 그만하고, 움직이는 것을 과녁 삼아 다음에 다시 겨뤄보자."

"생명을 죽이는 건 싫어요."

소년의 활은 유일하게 각궁이었으며, 화살 끝엔 날카로운 화살촉이 꽂혀 있었다. 소년이 피식 웃으며 자신의 화살에서 화살촉을 빼냈다.

"그러든지."

소년들은 준정을 돌아보며 언덕을 내려갔다. 숨을 죽이고 지켜만 보던 달래가 달려와 호들갑을 떨었다.

"아기씨, 정말 잘하셨어요. 흥! 그 귀족 자제들, 코가 납작해

졌던걸요."

집으로 돌아오니 집 앞에 마차 한 대가 서 있었다.

"아기씨, 왜 이제 오세요. 대아찬 댁에서 손님이 오셨는데, 어쨌든 빨리 들어가 보세요."

유모는 흥분한 기색이 역력했다. 대아찬이라면 아버지 삼산공의 먼 친척이었다. 사랑채로 들자, 검은 수염을 멋있게 기른 손님이 준정을 보고 호탕하게 웃었다.

"네가 준정이냐? 네가 오늘 뱀에 물릴 뻔한 우리 이랑을 구했다고! 네가 아니었으면 큰일 날 뻔하였구나. 고맙다."

검은 수염을 멋있게 기른 손님은 대아찬 댁 자제로 준정도 간혹 인사를 한 적이 있었다.

"삼산공의 무남독녀가 당차고 재주 있어, 아들이 부럽지 않겠소이다. 우리 큰 녀석은 선도에 들어 수련을 받는 중이라 실력이 제법인데, 그 녀석 말이, 준정이 신궁이 될 소질이 있다 하더이다."

"신궁이라니, 천만의 말씀이오. 나는 저 아이가 활을 잡았는지도 몰랐구먼."

겸손하게 말하는 아버지의 표정이 복잡했다. 신궁이라는 말에 놀라는 아버지의 눈빛에 걱정스러운 기색이 가득했다. 어린 이랑과 새를 잡은 키 큰 소년이 대아찬 댁의 손자들이었다. 준정은 거듭된 칭찬에 가슴이 벅차올랐지만 고개를 숙이고 얼굴을 붉힐 뿐이었다.

손님이 돌아간 뒤, 준정은 달래 아범과 함께 사랑채에 다시 불려갔다. 아버지의 얼굴에 깊은 분노가 드리워져 있었다.

"활을 쏘다니, 네 나이 이제 열두 살인데, 활을 쏘다니!"

활과 화살을 가만히 살피는 아버지의 눈썹이 꿈틀거렸다. 아버지는 두 손으로 화살을 불끈 쥐고 부러뜨려버렸다.

"활은 안 된다. 여식이 활을 쏘아 무엇 한단 말이냐? 활은 위험한 무기이다. 이 시간 이후로 활은 금한다, 알겠느냐?"

준정은 부러진 활을 보고 가슴이 먹먹해지며 눈물이 솟았다.

"왜 안 되나요? 여자도 활을 쏠 수 있어요. 아버님, 저는 활을 잘 쏘아요. 활 쏘는 게 좋아요."

"누구 허락을 받고 활 쏘는 연습을 했느냐?"

아버지는 손바닥으로 책상을 쳤다.

"너는 사내아이처럼 활을 가지고 놀아서는 안 된다. 활은 위험하다. 또한, 달래 아범 듣게!"

화를 낼 줄 모르던 아버지의 심한 꾸중에 준정은 입술을 깨물었다. 달래 아범은 두 손을 모으고 머리를 조아렸다.

"철없는 아이에게 또다시 활을 만들어주었다간 우리 집에서 쫓겨날 줄 알게."

"아버지, 너무하세요."

달래 아범을 쫓아낼 거란 말에 준정은 울음을 터뜨렸다. 아버지는 문을 왈칵 열고 사랑채를 나가버렸다. 유모가 달려와 준정을 껴안았다.

"아버님께서 아기씨가 걱정이 되어 그러시는 거예요. 어머님께서⋯⋯."

준정은 눈물을 닦고 유모를 보았다.

"어머니?"

"아니, 아니에요."

유모는 다시 준정을 꼭 껴안았다. 준정이 계속 울자 달래도 곁에 와서 같이 훌쩍거렸다.

준정은 계속 풀이 죽어 있었다. 그 모습을 보다 못한 달래 아범이 시장에서 활을 하나 사서 몰래 준정에게 주었다. 달래 아범이 화살촉에 삼을 감아 뭉툭하게 만들어주었다.

준정은 아버지 몰래 언덕에 올라 소년들과 활을 쏘았다. 소년들도 준정과 함께 활을 쏠 때 살아 있는 생명을 표적으로 삼지는 않았다. 언젠가부터 준정은 소년들 사이에서 가장 활을 잘 쏘는 아이로 통했다.

어느 날 아버지가 밖에서 무슨 소리를 들었는지, 준정에게 아버지 몰래 활을 가지고 놀았는지 다그쳤다.

"아니요, 활을 쏘지 않았습니다. 활도 없는걸요."

"내가 별당을 한번 봐야겠구나."

준정은 급한 마음에 활과 화살을 숨기기 위해 안채로 가, 아버지의 침상 밑에 깊숙이 밀어 넣었다.

아버지가 별당을 뒤지고 간 뒤, 준정은 다시 안채로 가 침상 밑에 손을 넣어 활을 꺼냈다. 안쪽으로 굴러가 버린 화살통을 잡으려 손을 침상 깊숙이 넣었다. 화살통을 찾는 손에 무언가 다른 물건이 잡혔다.

꺼내 보니 비단으로 겉을 두른 상자였다. 상자를 바라보는 준정의 눈길에 호기심이 일렁거렸다. 먼지가 쌓인 비단 상자는 오래되어 보였다. 열어보아선 안 될 물건 같아 가슴이 두근거렸다. 떨리는 손길로 상자를 연 순간, "아!"하고 준정은 짧은 숨을 내쉬었다. 그것은 한 번도 본 적이 없는 예사롭지 않은 활이었다. 활은 준정을 기다렸다는 듯이 준정의 눈 속으로 다가들었다.

날렵한 학의 목을 닮은 활이었다. 오래되어 색이 바랜 듯 보였으나, 누군가 시위를 당기면 금방이라도 화살을 날릴 것 같았다. 유물이 되었지만 아름답고도 날렵한 각궁이었다. 화살은 가늘고 짧았으며 촉은 날카로운 뾰족함을 잃지 않았고, 어떤 표적이든 꿰뚫어버릴 의지를 선명하게 품고 있었다.

갑자기 방 안에 빛이 쏟아져 들어왔다. 활은 스스로 먼지를 털어버리듯 하얗게 빛났다.

"뭐하는 것이냐?"

아버지가 빛을 가로질러 나타났다. 준정은 두 손으로 활을 들어 아버지께 보였다.

"아버지, 이 활은……."

아버지의 표정은 굳어 있었고 눈빛은 당황스러워 보였다. 준정에게서 활을 받아 내려다보는 아버지의 눈빛이 애틋해졌다.

준정이 조심스럽게 물었다.

"누구의…… 활인가요?"

어머니가 신궁이었다는 말을 유모에게서 들은 적이 있었다. 준정을 낳고 얼마 후 돌아가셨다는 어머니. 아버지는 활을 조심스럽게 쓰다듬더니 비단 상자 안에 다시 넣었다.

"네 어미는 활 때문에 죽었느니라. 그래서 너는 절대 활을 잡아서는 안 된다."

아버지의 목소리가 꽉 잠겨 있었다. 깊은 시름에 잠겨 아버지는 몸을 일으킬 수 없는 것 같았다. 어머니가 활 때문에 죽은 이유를 물어보고 싶었지만 묻지 못했다.

해가 바뀔 때마다 달래 아범은 좋은 활을 사다 주었다. 준정은 집에서는 활을 쏘지 않았다. 가끔 아버지 몰래 어머니가 쓰던 활을 꺼내 보았다. 어머니의 활을 가만히 안으면, 활은 날개를 펼친 학이 되어 준정의 가슴을 도닥여주었다.

순장

기와담장 너머로 간간이 곡소리가 들려왔다. 슬픔을 품지 않은 공허한 울음소리였다.

화로의 기운과 음식 냄새를 비집고 집 안에는 오히려 생의 열기가 차올랐다. 안채와 사랑채에 손님이 끊임없이 드나들고, 집 앞에는 마차들이 쉴 새 없이 오고 갔다. 내물 마립간의 자손이자 파진찬을 지낸 진골 귀족의 상이었다.

밤이 되어서야 안채에서 슬픔을 품은 흐느낌이 새어 나왔다. 낮 동안 허공을 떠돌던 죽음의 기운이 마당에 내려앉았다. 이미 죽은 자에 대한 서러움은 한 줌의 바람에 지나지 않았다. 집 안을 가득 메운 슬픔은 곧 죽을 생사람의 목숨 때문이었다.

"네 부모와 동생들은 집을 마련하여 풍족하게 살게 해줄 테니 걱정 말거라."

하얀 비단 옷을 입고 앉아 냉정하게 말하는 부인 앞에 갓 이팔을 넘긴 처녀가 엎드려 울고 있었다.

"어허! 부정 타겠다. 그만 울어라. 너는 죽어서는 귀한 신분으로 환생하는 게다. 옛날에는 귀한 분이 돌아가시면 수십 명씩 함께 묻었지만 이제는 나라에서 그것을 금하여 비밀리에 행하는 것이다. 만약 소문이 났다면 네가 은혜를 입을 기회도 오지 않았을 테야."

턱살이 두터운 부인이 처녀를 나무랐다. 부인은 남편이 살아생전에 이 처녀를 탐낸 것을 알고 있었다. 어쩌면 남편이 자기 눈을 피해 처녀를 품었을지도 몰랐다. 부인은 처녀의 얼굴을 찬찬히 살펴보았다. 머리숱이 많아 얼굴이 더 희어 보이고, 제대로 먹지 못 했을 텐데 볼은 복숭아 빛이다.

네 젊음이 은혜를 불렀으니 어이할꼬. 저 세상 가서 내 남편을 잘 모시거라. 남편의 옆 자리는 영원히 나의 자리이니, 너는 남편의 발끝 아래 누워서 시중을 들어야지.

부인은 하얀 비단 옷을 내밀었다.

"몸을 정갈히 하고 이 옷으로 갈아입거라. 어멈 밖에 있는가?"

늙은이가 눈물 콧물을 닦으며 방문을 열었다.

"데리고 나가서 정갈히 씻기게."

처녀가 어멈을 따라 부엌으로 향하는데 담장 너머서 휘파람 소리가 들렸다. 처녀는 얼른 주변을 살피고 뒷문을 열고 나갔다. 억센 손길이 처녀의 팔목을 잡아당겼다.

"상중이라 못 나오나 싶었다. 늦었다, 빨리 가자."

처녀가 남자의 손을 붙들었다.

"잠개야. 난 못 가. 이제 다신 못 가. 이제 나는, 흐흐흑!"

손으로 입을 가리고 처녀는 울음을 삼켰다. 잠개는 무슨 일인가 싶어 처녀의 어깨를 붙들었다.

"내일, 장례 치를 때, 나도……."

말을 맺지 못하고 처녀는 주저앉아버렸다.

"설마, 무덤에, 너를……."

절망감과 분노로 잠개의 목소리가 후들거렸다.

"우리 아버지는 아프고 나는 동생들 데리고 오갈 데도 없어. 내가 도망가면 모두 죽어!"

"안 된다. 네 식구들 배를 불리기 위해 네 목숨을 앗아간단 말이냐? 죽일 놈들! 윽!"

잠개는 주먹으로 담장을 쳤다. 집 안에서 어멈이 나와 울먹이며 말했다.

"잠개야, 사람들이 보면 큰일 난다. 흐흑! 불쌍해라. 진작 너희 둘 혼인이라도 시켰으면……. 흐흑."

"못 한다 했어야지요! 나라에 일러바쳐야지요! 생목숨을 빼앗아 죽이고 배불리 먹고 산들 남은 식구들 마음이 편하겠소? 이러니 우리가 평생 사람대접을 못 받는 것이오!"

분노한 잠개가 어멈의 어깨를 잡고 흔들어댔다. 어멈은 그저 눈물만 흘리며 금방이라도 주저앉을 것 같았다. 어멈은 고개를 떨어뜨린 채 처녀 손을 끌고 문 안으로 사라졌다. 잠개는 어깨를 떨며 담장 너머 호화로운 기와집을 노려보았다. 눈물이 멈추지 않았다. 그리고는 밤공기를 가르고 짐승처럼 울부짖으며 달렸다.

한참을 달려 잠개는 어느 집 초가담장 앞에 섰다. 눈가를 훔치고 숨을 고른 뒤 그는 대문을 열고 들어갔다. 사랑채 앞에 한 남자가 서 있다가 잠개를 보고 합장을 했다. 사랑채 문을 조심스럽게 열었다. 방 안에 앉은 사람들 사이에서는 숙연한 분위기가 흘렀다. 승복을 입은 젊은 남자가 설법을 하다가 잠개를 잠시 쳐다보았다.

"부처님께서는 모든 중생을 불쌍히 여기시어······."

빽빽하게 모여 앉은 사람들 뒤에 우두커니 서 있던 잠개가 울음 섞인 항변을 토했다.

"부처님 말씀은 거짓말이오! 우리 같은 천한 것들에겐 부처님도 자비를 베풀지 않는단 말이오!"

안타까움과 원망으로 그의 얼굴이 일그러졌다. 사람들이 모두 잠개를 돌아보았다. 승복을 입은 사람이 그에게 다가갔다.

"무슨 일이오? 같이 오시던 분은 왜 안 오셨소?"

잠개가 눈물을 흘리며 고개를 들었다.

"무덤에 같이 넣는답니다. 주인 영감 무덤에 생사람을 함께 묻는답니다!"

사람들의 탄식이 터져나왔다.

"순장은 나라에서 금하고 있거늘, 그럼 처자를 순장한단 말이오?"

잠개가 다급하게 남자의 손을 두 손으로 움켜잡았다.

"살려주십시오. 스님도 귀족이시니 파진찬 어른 댁에 살려달라고 말을 좀 넣어주십쇼. 부처님은 모든 생명이 똑같이 소중하다고 하지 않으셨습니까?"

"내 힘이 미약하지만 순장은 나라에서 법으로 금했으니 내일 고변을 하겠소."

여자들이 앉은 쪽에서 누군가가 겁에 질린 목소리로 말했다.

"작년에도 어떤 귀족의 무덤에 남자 세 명을 죽여 순장을 했다고 들었습니다."

"그 일로 귀족들에게 스님이 해를 입을까 두렵습니다. 혹, 비밀모임인 우리 향도가 발각되면 어찌합니까?"

그러자 잠개가 버럭 소리를 질렀다.

"사람이 개죽음을 당하는데 모른 체하는 것이 부처님 도리란 말이오? 발각되는 것이 두려워 생사람이 죽는 걸 눈감아야 하오? 어린 처자가 산 채로 생매장이 될 때, 우리는 숨을 쉬고 밥을 먹고 웃어야 하오?"

잠개는 분노를 참느라 숨을 몰아쉬고는, 다급하게 사람들을 둘러보았다. 그러나 다들 고개를 돌리고 눈가를 훔치는 것이 전부였다.

"이러고 당하니 우리를 천하게 여기는 것이오! 부처님이 천한 사람들도 귀히 여긴다는 말은 순 거짓이오! 나는 다시는 이런 헛된 향도에 안 올 거요!"

잠개는 그를 붙잡는 사람의 손을 뿌리치고 마당을 쏜살같이 빠져나왔다. 푸르게 젖은 달빛 그림자가 그의 발길에 걸려 검게 찢어질 뿐이었다.

밖에서는 마침, 몇 사람이 막 대문 앞에 당도하던 참이었다. 귀족으로 보이는 키 큰 남자와 칼을 찬 남자와 여인네였다. 칼을 찬 사람이 대문 안을 살피려는데, 누군가 안에서 대문가로 달려왔다. 세 사람은 놀란 듯 얼른 담장 뒤로 숨었다.

잠개는 대문을 나서서 어깨를 늘어뜨리고 눈물을 닦았다.

"잠개야."

차분하고 익숙한 목소리는 준정이었다. 준정은 스님께 불도를 배우며 여성 신도들의 공부를 돕고 있었다. 단아한 준정의 얼굴에 눈물이 서려 있었다.

"아가씨! 죄송합니다."

"아니다. 그 고운 처자에게 이런 일이, 원통한 네 마음이 오죽하겠니?"

"불쌍한 것을 어찌합니까? 혼인을 하기로 한 여자가 생죽음을 당하는 걸 보고만 있어야 합니까? 천하고 무능하나 어찌 사람의 목숨을 빼앗는단 말입니까?"

"목숨이 어찌 천할 수 있겠느냐? 나라에서도 금하는 순장을 하려는 것이니, 내가 내일 일찍 관에 가서 고변을 하겠다. 그러나 지체 높은 집안의 장례식이라 관에서도 어찌할 수 있을지

34

모르겠다."

"고맙습니다. 흐흑!"

준정은 목에 두른 염주를 풀어서 잠개 손에 쥐어주었다.

"백팔염주이다. 그 처자에게 전해주거라. 처자를 살리는 데 도움이 된다면 좋겠구나. 혹여 내일 이승에서의 연이 다한다면, 극락으로 가도록 빌어주자."

"아가씨! 진짜 부처님이 계신다면, 순장으로 생목숨을 내놔야 하는 이런 일이 없어야지요."

잠개가 울부짖었다. 준정의 한숨 속으로 그 울음이 흘러들었다.

"불심이 서라벌에 퍼지고 있으니 나라에서도 불교를 인정하고 귀족들이 불교의 가르침을 따르게 될 것이야. 부처님의 말씀을 깨우치면 어찌 순장을 할 수 있겠느냐? 불심이 우리를 구원해줄 것이다."

"아가씨! 고맙습니다. 제가 아까 스님께는, 무례했습니다."

잠개는 준정에게 받은 염주를 품고 달렸다. 준정은 잠개가 사라지고 나서도 오랫동안 잠개의 흐느끼는 그림자를 붙들고 서 있었다. 준정의 어깨에 내린 달빛이 가늘고 애틋하게 떨렸다. 합장을 하고 돌아서는 준정의 갸름한 얼굴에 달이 겹쳤다.

담장 뒤에 숨었던 세 사람이 나왔다. 키가 큰 귀족이 물었다.

"내일 장례를 치른다니 혹시 전 파진찬의 집 아니냐?"

"예, 그러합니다."

한 발자국 뒤에 서 있는 여인이 대답했다. 이번에는 칼을 찬 남자에게 말했다.

"선대왕 시절부터 순장을 금하고 있거늘. 내일 병부의 대장을 장례식에 보내 순장을 못하도록 감시하라 일러라."

"예."

키 큰 남자는 담장 안을 넘겨다보았다. 마당 안에서는 아무런 기척이 들리지 않았다. 집의 형세를 보니 6두품의 집 같았다.

"이 집 안에서 이차돈이 불교를 설법한단 말이렸다?"

세 사람은 담장을 따라 둘러본 뒤 큰길가로 나섰다. 길가에서 누군가가 말을 묶어 놓고 세 사람을 기다리고 있었다. 그들은 월성*을 향해 빠르게 말을 달렸다.

아침이 밝았다. 장례를 치를 언덕에 일찍부터 사람들이 모여들었다. 상복을 입은 사람들이 줄지어 서고, 미리 커다랗게 파놓은 무덤에 망자가 누운 나무 관을 내렸다. 망자의 발아래 칼과 말안장, 허리띠, 비단 옷, 각종 토기와 토우들을 넣었다. 쇠로 만든 장식품들과 커다란 쇠솥도 놓았다. 이윽고 얼굴이 하얗게 질린 처녀를 데리고 왔다.

흰옷을 입은 무당이 춤을 추었다. 죽은 이의 영혼을 달랜다고 무덤 속에 쌓은 돌에 붉은 염료를 바르고 처녀의 얼굴에도

---

* 신라의 서라벌에 있는 궁궐을 월성이라 하였는데, 넓게는 서라벌을 월성이라 통칭하기도 하였다.

발랐다.

"안 되오! 안 된단 말이오! 제발 살려주십쇼!"

엄숙한 장례식에 누군가 울부짖으며 달려 나왔다. 잠개였다. 상복을 입은 가족들 앞에 잠개가 꿇어앉았다.

"산 사람을 어찌 무덤에 넣는단 말입니까? 제발, 저 애를 살려주십시오!"

그러자 수염이 성성한 노인이 나와 추상같이 호령했다.

"여기가 감히 어디라고 장례를 망치려 하느냐? 네놈이 함께 죽고 싶은 게로구나."

"좋소! 차라리 나를 죽여주시오! 무덤에 넣으시오! 그러나 제발 저 아이의 목숨만은!"

하인들이 달려들어 삽으로 잠개를 내리찧었다. 잠개는 머리에 피를 흘리면서 끌려 나왔다.

그때, 멀찌감치 서 있던 병부의 대장이 다가와 예를 갖추어 인사했다.

"삼가 조문객으로 참여하였습니다. 얼마 전부터 폐하께서 장례식에 병부의 관리를 보내어 조문하고, 순장을 금하도록 하고 있습니다."

상주들이 당황하자 흰옷을 입은 부인이 나섰다.

"순장이라니요. 몇 해 전만 하더라도 하인들을 죽여 무덤에 넣는다고 들었으나 우리 가문에 그런 예법은 없습니다."

그때였다. 비틀거리는 처녀가 무당의 부축을 받으며 다가왔다. 처녀가 무슨 말인가를 하려는 찰나, 거친 숨과 함께 입에서 핏덩이가 쏟아져나왔다. 처녀는 앞으로 고꾸라지며 저만치에 쓰러져 있는 잠개를 보았다. 붉어진 눈으로 잠개를 보며 손을 내밀었으나, 곧 힘없이 손을 떨어뜨렸다. 병부의 관리가 다급히 물었다.

"이것이 어찌된 일입니까?"

그러자 처녀의 늙은 어미가 엎드려 울음을 터뜨렸다. 어미는 손에 조그마한 비단 주머니를 쥐고 덜덜 떨었다. 반쯤 열린 비단 주머니에서 희읍스름한 가루가 흘러내렸다.

"아이고, 그리도 어르신을 모시고 싶어 하더니, 스스로 목숨을…… 아이고!"

흰옷을 입은 부인이 어멈의 손에 들린 주머니를 빼앗아 살펴보았다.

"부자(附子)* 가루입니다. 독약을 먹었어요."

잠개는 피투성이가 된 채 기어가 처녀를 보았다. 처녀는 이미 부자를 삼킨 모양이었다. 입에서 피가 흐르고 손에는 잠개가 준 염주를 꼭 쥐고 있었다.

부인이 병부의 관리에게 점잖게 말했다.

"감히 천한 신분으로 언감생심 파진찬 어른의 사랑을 받고 싶어 했지요. 어르신을 따라 죽고 싶다고 사흘 동안 식음을 전

---

* 각시투구꽃의 뿌리를 말린 것으로, 독성이 강해 오랫동안 사약의 재료로 사용되어왔다.

폐했는데, 부자 가루를 먹은 모양입니다."

처녀의 어미가 부인의 흰옷자락을 붙들고 사정했다.

"천한 것이지만 불쌍히 여기시고 어르신의 무덤에 묻히도록 해주십시오. 그토록 어르신을 따랐으니 같이 묻어주십시오."

부인은 내키지 않지만 어쩔 수 없다는 듯 대답했다.

"그렇게 하게. 이 아이를 같이 묻게."

병부의 관리가 당혹스런 표정으로 지켜보고 있었지만, 처녀는 결국 무덤에 들어갔다.

왕은 간밤의 걱정을 떨치지 못한 채 정자에 올라 성 밖의 기와집 위로 햇살이 쏟리는 것을 바라보았다. 병부의 관리가 정자 아래에 와서 섰다.

"올라와서 보고하거라."

병부의 관리가 왕의 옆에 와서 잠시 주저하다가 무덤가에서 있었던 일을 소상하게 아뢰었다. 왕은 주먹을 불끈 쥐었다.

"관리가 보는 앞에서 산 처녀를 함께 묻었단 말이냐!"

선대왕인 지증왕 시절 순장을 법으로 금했으나 아직도 암암리에 순장이 행해지고 있었다.

귀족의 횡포에 죽어나가는 백성들을 구하고 왕권을 바로 세우기 위해선 뭔가 혁신이 필요했다. 왕은 어젯밤 향도들의 집 앞에서 보았던 광경을 떠올렸다. 백성들은 숨어서 새로운 세상을 꿈꾸고 있지만 왕은 힘이 없었다. 그들을 보호해주지 못하는 왕은 자신이 무력하게 느껴졌다.

햇빛이 습한 아침 공기를 가르며 왕의 이마에 내려앉았다. 언제쯤이면 진정 새로운 날을 맞을 수 있을까. 어젯밤 보았던 잠개라는 사내의 비애와 순장 당한 처녀의 넋을 위해 왕은 해를 향해 합장했다.

이차돈, 준정을 내려놓다

시위를 힘껏 당겼다.

바람이 대나무 잎들을 스치며 길게 울었다. 아니, 바람은 소리도 형체도 없다. 바람에 닿은 온갖 나무와 풀들이 스스로 울거나 할퀴는 소리를 낼 뿐 바람은 소리를 가지지 않는다.

화살은 바람과 하나가 되어 바람의 숨을 타야 했다. 숨을 멈추고 활시위를 팽팽하게 당긴 다음, 바람의 숨골이 잠시 쉬는 사이로 단숨에 시위를 놓는다. 화살이 바람을 앞질러갔다. 세상 끝을 향해 달아나는 드세고도 잽싼 소리. 그 소리 끝에 명쾌한 울림이 있었다.

과녁 뒤에 숨어 있던 달래가 확인을 하고는 손을 흔들었다.

"명중입니다."

준정은 다시 화살을 하나 뽑았다. 바람의 길이 났을 때 길을 따라 연달아 화살을 날려 보내야 한다. 마지막 화살이 바람의 살을 가르는 소리. 바람의 끝을 관통하는 촉의 숨소리. 준정은 그 소리가 듣기 좋았다.

"아가씨, 어두워지고 있어요. 그만하시어요."

달래가 과녁에서 옆으로 물러나며 큰 소리로 말했다. 준정은 다시 시위를 팽팽하게 당겼다.

어둠이 내린다. 어두워질 무렵 몰래 집을 빠져나가야 했다. 그 생각에 갑자기 손끝이 흔들렸다. 화살이 바람의 길을 놓치자 촉이 바람을 따라가는 소리부터 달랐다. 화살은 과녁을 빗나가 옆에 선 대나무에 꽂혔다.

달래가 깜짝 놀라는 시늉을 했다. 화살을 거두어 와 준정에게 내밀며 슬쩍 웃었다.

"아가씨, 마지막 화살 땐 마음을 놓치셨지요?"

준정은 빤히 쳐다보는 달래의 눈길을 피해 말 위에 올랐다. 정수리에서 묶은 머리가 허리춤에 내려와 바람에 풀어지며 출렁거렸다.

"어머나, 아가씨. 처음 보는 노리개입니다."

준정의 머리를 묶은 붉은 비단 위에 나비 한 마리가 걸려 있었다. 금실 은실로 수를 놓은 날개가 움직일 때마다 보는 사람의 마음도 흔들렸다.

"우리 아가씨가 어쩐 일이지? 생전 노리개는 싫다던 분이. 그거 어디서 나셨어요? 누가 준 거예요?"

준정은 웃으며 대답 대신 말의 허리를 살짝 두들겼다.

"이랴, 가자!"

집 앞에 다다랐을 때였다. 대문이 활짝 열려 있고 거칠고도 낯선 목소리가 마당에서 들려왔다.

"감히 전 파진찬 어른 댁에 발악한 놈인데다, 사악한 불교를 신봉하는 놈이 분명합니다. 이놈이 왜 삼산공 어른 댁에 있는 것입니까?"

준정은 말에서 내려 뛰어들어 갔다. 사랑채 앞마당에 관에서 나온 관리로 보이는 자와 삼산공이 서 있었다. 그 앞에 피투성이가 된 채 꿇어앉아 있는 사람은 잠개였다. 삼산공은 준정을 보더니 눈가가 파르르 떨렸다.

"아버님, 무슨 일입니까?"

관리가 준정을 보고 목소리를 다소 낮추며 말했다.

"귀족집안에 발악한 불교 신자인데, 이 댁에 숨어들어 그 연유를 여쭙고 있습니다."

"그놈은 일가인 대아찬 댁에서 일하던 놈이오. 그 댁에서 쫓겨나 갈 데가 없으니 일면식이 있는 우리 집에 와 사정을 하는 참이었소. 내 비록 벼슬에선 물러났으나 어찌 일개 관리가 무례하게 찾아와 함부로 나를 죄인 닦달하듯 군단 말이오?"

삼산공이 목소리를 높였다. 관리는 죄송하다며 고개를 숙였으나 무언가를 찾아내려는 듯한 눈매를 거두지 않았다.

"근자에 귀족집안에서도 불교를 믿는 자들이 늘어나 관에서 단속하고 있습니다."

그리고는 준정을 힐끔 쳐다보았다.

"이 댁 아가씨는 혹시 불교와 관련이 없으신지……."

준정은 침을 삼켰다. 향도의 일은 목숨을 걸고 비밀을 지키기로 약조했으니 잠개가 감히 그 일을 입에 담았을 리 없다고 생각했다. 나무아미타불 관세음보살, 부처님 용서하십시오, 준정은 숨을 내쉬며 관리를 노려보았다.

"불교라니, 그게 지금 무슨 의심이오?"

그리고는 잠개를 향해 큰소리를 쳤다.

"감히 상전에게 발악한 놈이 우리 집에는 왜 왔느냐?"

그러자 잠개가 땅에 엎드리며 울먹였다.

"천한 놈이 불교를 어찌 알겠습니까? 아가씨, 저를 불쌍히 여기시어 받아달라고 찾아뵈었는데, 흐흑!"

"네놈이 자결한 계집종에게 염주를 주었다지? 그게 네놈이 불교를 안다는 징표가 아니냐?"

관리의 말에 준정은 아차 싶었다. 그 백팔염주는 준정이 잠개에게 준 것이었다.

"그것은 저잣거리에서 산 목걸이입니다요. 소인이 염주가 뭔지 어찌 알겠습니까?"

입술을 실룩거리던 관리가 삼산공에게 고개를 숙이며 말했다.

"죄송하오나, 별당을 좀 둘러봐도 되겠습니까?"

관리는 준정의 얼굴이 순간적으로 굳어진 것을 놓치지 않았다.

"별당을 살피게 해주십시오. 거리낄 것이 없다면, 삼산공 어른, 허락해주십시오."

삼산공은 분기를 못 참아 주먹을 불끈 쥐면서 말했다.

"마음대로 뒤져보게. 허나 아무것도 안 나올 시에는 내, 가만있지 않을 것이네."

관리는 옆에 선 병사들을 데리고 별당으로 향했다.

"안 되오! 감히 별당을 뒤지다니, 아니 되오!"

준정이 막아섰지만 관리는 별당 문을 열고 들어섰다. 관리는 장식장과 서랍장을 함부로 열어보았다. 준정은 눈을 질끈 감았다.

"이런!"

관리가 신음처럼 내뱉었다. 준정은 마음의 각오를 하고 눈을 떴다.

서랍은 비어 있었다. 장식장 뒤쪽의 상자 안에도 아무것도 없었다. 준정은 정신을 차리고 관리를 노려보았다.

"아버님께서 친지인 왕족들에게 고하시어 이 일을 가만두지 않을 것이니 각오하시오."

관리는 별당을 나가 삼산공 앞에 고개를 숙였다. 준정은 그만 다리에 힘이 빠져 주저앉고 말았다.

"아이고, 아가씨!"

겁에 질려 멀리서 지켜보던 유모가 그제야 달려왔다.

"아가씨, 잠개 저놈 때문에 큰일 날 뻔했습니다."

유모와 달래가 준정을 부축했다.

"잠개가 와서 주인댁에서 쫓겨난 이야기를 하는 걸 들으시고는, 어르신께서 무슨 생각에선지 별당을 와서 뒤지셨어요."

"아버지께서?"

준정은 심호흡을 했다. 아버지는 모든 걸 알고 있었고 그것을 숨겨준 것이었다. 준정은 관세음보살을 외며 마음을 가라앉혔다.

관리가 돌아간 후 준정이 사랑채에 들자, 삼산공은 의자에 앉아 눈을 감고 있었다. 삼산공은 일찌감치 벼슬에서 물러나 한 번도 소란스러운 일에 얽혀본 적이 없는 위인이었다.

"잠개 그놈 말인즉, 저와 혼인하려던 계집종이 순장을 당하여 그것에 발악하다 몰매를 맞고 그 일로 대아찬 댁에서 쫓겨났다고 하던데, 너도 아는 일이냐?"

"잠개가 쫓겨난 것은 몰랐습니다."

"그런데 그놈이 왜 우리 집에 와서 받아달라고 청을 한단 말이냐?"

"예? 그것은……."

"네가 오갈 데 없는 종들은 받아주겠다며 큰소리 치고 다니느냐?"

삼산공의 목소리가 높아졌다.

"아닙니다. 죽은 처녀가 불쌍해서 편을 들어주었더니 쫓겨나갈 데가 없으니 이리 온 모양입니다."

46

준정은 눈치를 살피며 말했다.

"잠개가 일을 잘한다 하니, 제 밥값은 할 것입니다."

"몸을 보살펴주고 회복하면 일을 시키도록 해라. 당분간 밥이나 먹여주고, 행랑채에 방을 하나 내주어라."

삼산공은 관리가 별당을 뒤진 일에 대해서는 언급이 없었다. 준정은 조마조마한 마음으로 고개를 숙이고 돌아섰다.

"그리고!"

아버지의 목소리가 등을 잡아당겼다.

"내 분명, 활쏘기를 그만하라 일렀겠다?"

준정은 진땀이 났다.

"나가 보거라."

"예."

불경에 대해 묻지 않는 삼산공의 깊은 속이 고마울 따름이었다.

창밖으로 달이 떠올랐다. 준정은 얼른 겉옷을 챙겼다. 달래가 문밖에서 기다리고 있었다. 둘은 뒷문으로 살짝 빠져나왔다.

"죽간을 받아 보셨으면 아마 나와 계실 것이에요."

달빛이 밝았다. 돌담을 넘어오는 살구꽃 향기가 새콤했다. 달이 밝아 위험하긴 해도 이차돈의 얼굴을 환히 볼 수 있으리라 생각하자 준정은 가슴이 두근거렸다.

오늘은 불경 공부를 하는 날은 아니었다. 이차돈의 집 뒤쪽에 있는 다리에서 뵙자고 준정이 청했다. 수년 동안 마음을 나누어 온 이차돈이었다. 그의 표정만 봐도 그 의중을 짐작할 수 있었다. 그런데 요즘 이차돈의 심경을 흔드는 불꽃이 보이는 듯했다. 준정을 바라보는 눈빛은 강렬했다가도 한순간 아련해지곤 했다.

다리 앞의 매화나무 지는 꽃잎을 따라 달빛도 떨어지고 있었다. 한참을 기다려도 이차돈이 나오지 않았다.

"왜 이리 안 나오시는 거지요?"

투덜거리며 담장을 돌아 대문 쪽을 쳐다본 달래가 깜짝 놀라 뒷걸음질쳤다. 준정도 고개를 내밀어 보았다. 무사로 보이는 덩치 큰 남자가 칼을 차고 대문 앞을 지키고 서 있었다.

"손님이 오신 모양이야. 그래서 못 나오시나 보다."

그때 대문 열리는 소리가 났다. 달래와 준정은 담장 뒤로 숨었다. 손님들이 나왔다. 이차돈이 키 큰 남자에게 머리를 깊이 숙여 인사했다. 남자는 이차돈의 어깨를 두드리고 돌아섰다. 얼핏 남자의 얼굴이 보였다. 짙은 눈썹에 정갈한 수염, 꼭 다문 입술이 범상치 않은 얼굴이었다. 불교를 따르는 귀족 신자들일까? 귀족들은 불교를 반대하지만 간혹 뜻을 같이하는 귀족도 있다고 했다. 이차돈은 그들이 어둠 속으로 사라질 때까지 서 있었다.

준정이 헛기침을 하며 이차돈 앞에 나섰다. 이차돈은 잠시 놀란 듯했으나 담담하게 말했다.

"잘 오셨습니다. 저도 뵙고 싶었습니다."

그 말에 준정은 불안하게 잠기던 생각을 지워버리고 이차돈에게 다가섰다. 이차돈이 준정의 눈을 들여다보았다. 그는 희열에 찬 눈빛을 하고 있었다.

"오래 기다리셨습니까?"

"아니에요."

이차돈이 고개를 숙였다.

"오늘 잠개가 피투성이가 된 채 저희 집에 왔습니다. 아버님 허락을 얻었으니 앞으로 저희 집에 있을 듯합니다."

준정은 이차돈이 멋쩍어할까 봐 잠개 이야기를 꺼냈다. 하지만 이차돈은 딴생각에 빠져 있는 듯했다. 준정을 바라보는 이차돈의 눈빛이 순간 일렁이다가 곧 차분해졌다.

"제가 먼저 드릴 말씀이 있습니다."

단호한 목소리로 말하는 그의 표정을 준정이 읽었다.

"우리가 안 된다는 말씀은 하지 마세요. 뭐라고 하셔도 제 마음은 변치 않아요."

준정은 다급하게 말했다. 이차돈이 한 걸음 다가와 준정의 어깨에 손을 얹었다. 믿음직스러운 손길에 준정의 가슴이 고동치기 시작했다.

"중생의 몸은 이미 부처님께 바치기로 했습니다. 아가씨의 마음을 받을 수가 없습니다."

이차돈의 눈빛은 불길을 품은 듯했지만 신념은 그 불길을 덮으려고 했다. 거뭇하게 수염이 자란 그의 입가엔 고뇌가 말라 있었다.

"불교가 위대하지만 그 진리만으로는 백성들 속으로 들어갈 수 없습니다. 지난 수년 동안 불법을 전하고자 했으나, 하루하루가 살기 힘든 백성들에게 자리이타(自利利他)*의 보살도를 심기 어렵다는 것을 준정 아가씨도 아실 것입니다. 진리는 스스로의 힘으로 뿌리내리는 것이 아니라 열정을 바쳐 그것을 전하려는 선도자가 있어야 가능하지요."

준정이 그의 팔을 붙들었다.

"제가 어찌 그것을 모르겠어요? 지난 수년 동안 당신께서 그 일을 행하느라 애를 얼마나 태웠는지, 누구보다 잘 알지요. 저도 불교의 포교를 위해 끝까지 함께하겠어요."

오랜 시간 비밀리에 향도를 이끌며 불교 교리를 가르치는 동안, 이차돈은 백성들의 등불이 되었다. 머리를 깎진 않았지만 사람들은 그를 스님이라 부르며 따르고 있었다. 준정에게도 이차돈은 붉게 타오르는 등불이었다.

이차돈의 음성이 축축하게 젖어들었다.

"제가 감당해야 할 몫이 있습니다. 당신과 함께하는 것도 부처님의 은덕이라 생각했으나, 저는 사심을 접어야 합니다. 저혼자 짊어져야 할 일이 있습니다."

---

* 자신의 수행을 하면서 다른 사람도 이롭게 하는 수행태도

견고하던 이차돈의 음성이 가늘게 흔들렸다. 자신을 밀어내려는 그의 혼신의 힘을 준정은 느낄 수 있었다.

"제 마음을 왜 버리려 하십니까? 왜 자신의 순수한 마음을 베어내려 하십니까? 저를 생각하는 마음을 허한 시간으로 돌리려 하십니까? 저를 밀어내야 부처님의 자리가 넓어지는 건가요?"

이차돈은 돌아섰다. 준정이 휘청거리며 다가가 그를 붙들었다.

"저는 감히 당신의 신념을 흔들지 않을 거예요. 그저 그 신념을 곁에서 지켜보고자 할 뿐이에요. 저는 당신과, 부처님과 함께할 것이란 말입니다!"

야속한 보름달에 눈물 얼룩진 준정의 얼굴이 그대로 드러났다. 이차돈의 눈에도 눈물이 고였으나 그는 준정의 손을 가만히 놓았다.

"우리의 인연은 여기서 풀어야 합니다."

이차돈은 성큼성큼 걸어갔다. 자신의 마음에서 타오르던 등불이 어둠 속에서 사그라질 것 같은 두려움에 준정은 몸을 떨었다. 준정은 달빛을 거머잡듯 두 손을 모았다.

곁에서 지켜보게 해주십시오. 마음을 거두지 말게 해주십시오.

다리 맞은편에서, 조금 전에 이차돈의 집에서 나온 사람들이 준정의 그 모습을 보고 서 있었다. 귀족인 양 변복을 한 왕과 호위무사들이었다. 왕은 준정을 자세히 보았다. 달빛 아래 드러난 여인의 얼굴이 청초하기 이를 데 없었다. 이차돈에게 매달리는 모습이 애틋해 보였다. 그런데 그 얼굴이 어쩐지 낯설지 않았다.

"저 처자가 누구인지 아느냐?"

호위무사들은 말이 없었다. 한 걸음 더 뒤에 서 있던 사모가 나지막이 말했다.

"삼산공의 딸 준정이라 하옵니다."

준정이라! 이차돈, 저리 아리따운 여인을 두고.

왕은 허탈한 웃음을 지었다. 신라를 위해 끊임없이 개혁을 해야 한다는 굳은 신념이 한 번도 흔들린 적이 없는 왕이었다. 그런데, 불사를 위해 목숨을 내놓겠다는 이차돈의 신념 앞에 어쩐지 초라해졌다.

달빛 때문이렷다…….

달이 눈물 젖은 여인의 얼굴에 겹쳐져 왕의 가슴에 와 안겼다. 왕궁으로 향하는 자신의 발걸음이 터벅거리는 것을 왕은 알았다.

봄밤

"봄이로구나."

안개를 품은 달빛이 천천히 내리고 있었다. 복숭아나무 가지 끝에 매달린 꽃송이들이 달을 향해 향기를 피워 올렸다.

왕은 따르는 신하들을 멀찌감치 물리고 이차돈을 곁에 불렀다. 화백회의 내내 중앙군사를 강화하자고 했지만 귀족들의 항의에 부딪혔다. 사병을 줄이고 중앙군을 강화하면 귀족의 힘이 줄어들 것을 염려함 때문이었다.

불교를 공인하자고 했을 때는 항의가 더욱 거세게 일어났다.

"불교는 백제와 고구려가 믿는 것 아니오? 불교에서는 우리가 믿는 천신을 하찮게 보고, 귀족이나 노비가 똑같은 미물이라고 주장하고 있소이다. 이런 사악한 주장을 하는 불교를 받아들일 수 없소."

"불교를 인정하면 나라의 기강이 흐트러질 것이오! 위아래도 없이 백성들이 방만해져 신분 질서가 무너질 것이란 말이오!"

이찬이 목에 핏대를 세우고 말하자 다른 귀족들도 모두 한목소리로 반대했다.

귀족들은 변화를 싫어했다. 그들은 새로운 제도 때문에 화백회의를 통해 마립간을 정하던 자신들의 세력이 약화되는 것을 우려했다. 선대왕인 지증왕 이전까지 부족장들이 뽑은 마립간은 귀족보다 힘이 없었다. 왕은 그것을 바꾸고자 했다.

"나는 새로운 신라를 건설하고자 하나 이룬 것이 없다. 헌데 꽃은 해마다 새롭게 피어 영롱하구나."

왕의 무거운 목소리에 복사꽃 꽃잎이 몸을 떨었다.

이차돈은 조심스럽게 고개를 들어 왕을 우러러보았다. 칠 척이나 되는 큰 키에 유난히 낯빛이 희고, 나이가 들어도 흰머리가 생기지 않는 것이 부왕인 지증왕을 닮았다고 들었다. 달빛은 우수가 되어 용안을 흔들고 눈썹은 근심으로 짙게 꿈틀거렸다.

이차돈은 고개를 숙이며 낮고도 힘 있는 목소리로 아뢰었다.

"폐하께선 이미 신라의 기틀을 강건하게 닦으셨습니다. 율령을 반포하시고 귀족들의 조직을 개편하지 않으셨습니까? 앞으로도 개혁을 계속하시어 굳건한 신라를 만드실 것입니다. 어찌해마다 피고 지는 꽃 한 송이에 비하겠습니까?"

왕은 달빛을 품은 복사꽃을 바라보다 눈을 감았다.

"백제와 고구려를 보아라. 그들은 불교를 새 이념으로 받아들여 통치체계를 정비한 후 율령을 반포하지 않았느냐? 그러나 우리 신라는 뿌리 깊은 민간 신앙과 귀족들의 저항 때문에 이를 거부당한 채 율령을 먼저 반포했다. 귀족의 힘이 왕보다 우위에 있으니 어찌 왕이 백성을 위한 정치를 펼 수 있단 말이냐!"

그 모습을 바라보던 이차돈이 무릎을 꿇었다.

"신 이차돈, 이 땅에 불심을 퍼뜨려 나라를 강건하게 하는 데 한 몸 바치겠습니다."

왕은 가만히 이차돈을 바라보았다. 그는 불심이 깊은 청년이었다. 오랫동안 불교를 공부해 불교의 교리에 누구보다 밝았다. 그리고 왕은 귀족들의 마음을 하나로 통합할 수 있는 새로운 사상으로 불교가 필요했다.

왕은 이차돈을 믿음직스럽게 내려다보았다. 비록 하급관리인 사인에 불과한 신분이지만 이차돈은 왕의 뜻을 제대로 받들고 있었다.

"폐하, 저의 뜻을 받아주시옵소서. 불교를 공인할 수 있을 것이옵니다!"

이차돈은 굳은 결심을 한 음성이었다.

그때, 저만치 물러나 있던 호위무사들이 다가왔다. 무사들 뒤로 옥진이 서 있었다. 어둠 속에서 옥진이 달빛의 전부를 등에 지고 있는 듯했다. 이차돈이 일어나 공손히 머리를 숙인 채 물러나 호위무사들 곁으로 가 섰다.

"화백회의에서 돌아오셨다는 말씀을 듣고 왔습니다."

옥진의 향기는 옷 속을 깊이 파고들었다. 부드러운 목소리의 끝은 애절한 노래의 마지막 가락처럼 여운을 만들었다.

"어인 일이냐?"

"소녀가 폐하의 은혜를 입을 만한 좋은 꿈을 꾸었습니다."

열아홉 가녀린 어깨가 달빛에 푸르게 빛났다. 오늘밤 왕을 모시고 싶단 말이었다.

"어떤 좋은 꿈이더냐?"

옥진은 서서히 고개를 들어 왕과 눈을 한 번 맞춘 후, 꽃잎 사이로 스미는 안개처럼 눈을 감았다. 한 번의 눈맞춤으로 사내의 마음을 무너뜨릴 줄 아는 여인이다. 은혜를 입을 만한 꿈을 꾸었다고 찾아오다니. 과연 어미 오도의 피를 그대로 물려받았다.

오도는 왕이 태자 시절 남몰래 사랑했던 여인이었다. 왕의 여자를 교육시키는 대원신통의 여자답게 오도는 태자의 마음을 단번에 사로잡았다. 그런데 오도는 태자 몰래 위화랑과 정을 나누어 옥진을 낳았다. 분노한 왕은 위화랑을 멀리 내치고 오도에겐 신당을 지키는 일을 맡겼다.

"팔색조가 세상을 다 덮을 듯 날개를 펴니, 그 모습이 말로 표현할 수 없을 정도로 찬란했습니다. 하늘을 나니 날개에서 오색구름이 피어나고, 그러다 팔색조가 제 품으로 파고들었습니다. 이것은 자손을 볼 꿈이라 하옵니다."

훌륭한 자손을 볼 꿈이기는 하나 아들을 생산할 꿈은 아니었다. 성골 핏줄을 강조한 선대왕 때부터 아들을 낳기 위한 좋은 징조들에 대해 왕도 들은 바가 있었다.

"그 꿈은 딸을 낳을 징조 같구나."

고개를 숙이는 옥진의 긴 속눈썹이 떨렸다. 궁에서 가장 아름다운 소녀란 소릴 듣는 옥진이었다. 그 미색에 마음이 움직이지 않는 것은 아니나 지금은 때가 아니었다. 왕에겐 딸이 몇 명 있었지만 왕의 뒤를 이을 아들이 없었다.

"너의 남편에게 가거라."

옥진의 남편 박영실은 친척 왕족으로 성품이 어질어 왕이 친구처럼 가까이 두는 이였다.

내궁으로 향하기 전 왕은 이차돈을 가까이 불러 조용히 일렀다.

"자네의 뜻을 알겠으니, 차후에 다시 논의하세."

이차돈은 고개를 숙이고 물러났다.

왕은 보도 왕후의 처소로 향했다. 마음 같아서는 달빛 아래서 이차돈의 생각을 듣고 싶었지만 왕후가 기다리고 있었다. 화백회의에 가기 전부터 왕후가 뵙기를 청했으나 왕은 회의에 다녀온 후로 미루어두었다. 내궁 앞에서 갑자기 달빛이 축축하게 어깨를 눌러왔다. 왕은 내키지 않는 마음을 추스르고 왕후의 처소로 향했다.

보도 왕후 김씨는 붉은 보랏빛 치마에 연푸른 저고리를 입고 꼿꼿하게 앉아 왕을 기다리고 있었다. 왕후는 음전하여 말수가 적고 구설수에 오르내릴 언행을 하지 않는 사람이었다. 그러나 왕은 어쩐지 왕후에게 마음을 다 풀지 못했다.

"화백회의는 어찌 되었습니까?"

보도 왕후의 말투는 회의 내용이 궁금해서 물어보는 것이 아니었다. 이미 아랫것들에게서 화백회의의 내용을 다 보고받았을 것이다.

"내 뜻을 알아주는 신하가 없었소."

왕이 짧은 한숨을 내쉬자 왕후도 고개를 숙였다.

"밝은 날에 여쭈어도 될 일을 괜히 제가 폐하를 곤란하게 만들었나 봅니다."

왕은 왕후를 지그시 바라보았다. 적당히 넓은 이마와 동그란 턱선, 마른 몸매에 비해 얼굴은 후덕해 보이는 인상이었다. 하지만 왕의 마음을 오래 묶어두지는 못했다. 왕후에게서 딸을 하나 얻었으나 그 후로는 별로 사이가 좋지 못했다.

"무슨 일이오?"

"지소에 관한 일입니다."

지소는 왕과 보도 왕후 사이에서 낳은 딸이다.

"허락하신다면 지소를 입종공에게 시집보낼까 합니다."

"입종?"

입종은 왕의 아우로 어릴 때부터 병약했다. 맏아들인 원종이 왕위에 오른 후 입종을 장가보내려 했으나 뜻대로 되지 않았다. 그런데 딸인 지소가 삼촌인 입종에게 시집을 가다니. 왕족끼리 혼인하여 그 혈통을 유지하는 것은 신라 왕가에서 흔히 있는 일이었다. 그러나 왕은 잠시 생각에 잠겼다.

지금 왕에겐 아직 뒤를 이을 태자가 없고 다른 후궁들은 성골 신분을 가지지 못했다. 만약 지소와 입종 사이에서 아들이 태어난다면 어찌될 것인가? 두 사람 사이에서 태어난 아들만 정통 성골이 되는 것이다.

"지소를 시집보내는 것보다 우리가 아들을 낳는 것이 더 급한 일일 듯하오."

왕후가 보일 듯 말 듯한 웃음을 보였다. 왕후도 아들을 소원했지만, 왕은 지소를 낳은 후 왕후와의 잠자리를 멀리하기만 했다.

"지소에게, 결혼을 하더라도 아이는 나중에 낳으라고 하겠습니다."

"그게 어찌 마음대로 되는 일이오?"

왕후와의 사이에서 아들을 낳는 일도 뜻대로 되지 않을 수 있다. 왕후를 바라보던 왕의 머리에 옥진이 떠올랐다. 진하게 옷을 파고들던 옥진의 체취가 생각났다. 오늘 밤 옥진을 품에 안을 수도 있었다는 생각에 왕의 가슴이 아릿해졌다. 옥진은 팔색조 꿈을 꾸고 남편 영실의 품에 안겨 있을 것이다. 이미 영실의 품에서 환희에 취해 있을지도 몰랐다.

왕은 벌떡 일어났다. 왕의 잠자리를 준비하던 사모들이 황급히 물러났다.

"지소를 시집보내는 일은 차차 의논하도록 합시다."

"또 미루시면 어찌합니까? 공주의 결혼입니다. 허락을 해주십시오."

보도 왕후도 고집스러운 구석이 있었다. 왕의 입에서 불쑥 통명스러운 말이 튀어나왔다.

"입종공은 병약하오. 세력이 큰 귀족가문에 공주를 주어 화합을 도모하는 편이 나을 것이오."

왕이 밖으로 나오도록 망연자실하게 앉아 있던 왕후가 급히 뒤따라 나왔다.

"왕족의 세력을 강화하여 폐하를 돕기 위함임을 어찌 모르십니까? 귀족집안에 공주를 주다니요, 아니 될 말씀입니다. 그것은 아니 되옵니다!"

왕의 목소리에 힘이 들어갔다.

"아니 되옵니다, 아니 되옵니다! 오늘 화백회의 내내 들은 말이오! 왕후도 아니 된단 말씀을 하려고 나를 보자 했소이까!"

왕은 돌아섰다. 호위무사와 함께 문을 나서는 왕의 뒷모습을 왕후는 우두커니 바라보았다. 어둠이 왕후의 어깨를 짓눌러 푸른 저고리에 수놓인 꽃이 맥없이 늘어졌다. 옆에 선 모(母)*들은 차마 고개를 들지 못했다. 나이 많은 사모(私母)**가 말했다.

"왕후 마마, 바람이 차갑습니다."

왕후가 마루로 올라섰다. 가늘게 늘어진 그림자를 끌고 방으로 들어가는 왕후의 뒤를 따르며, 사모가 후원 쪽을 돌아보

---

* 신라 월궁 내의 궁녀
** 궁녀들 중에서 지위가 높은 궁인

았다. 왕후를 뵈러 왔다가 돌아간 줄 알았던 지소 공주가 후원
에 서 있었다.

왕후의 방에선 불이 꺼지지 않았다.

지소 공주는 어머니의 방을 바라보았다. 가늘게 새어 나오는
불빛을 따라 눈물이 날 것 같았다. 성골의 아이를 낳아야 한다.
귀족들을 통합하는 일은 아버지인 왕이 하실 일이고, 건강하게
왕족의 핏줄을 잇는 것은 공주가 할 일이라고 배웠다.

"공주님, 그만 돌아가시지요."

그러나 지소는 어머니 방의 불이 꺼질 때까지 그 자리에 서
있었다.

'귀족을 회유하는 목적으로 나를 시집보내려 하시다니.'

지소는 양미간에 힘을 주어 지나는 바람소리를 귀에 담아보
려 했다. 지소는 아버지를 닮아 키가 크고 어깨가 넓었다.

'내가 태자로 태어났어야 했는데!'

그랬다면 아버지와 어머니의 시름을 덜었을 것이었다.

'내가 태자였다면, 아버지께서 자랑스러워하셨을 텐데.'

지소는 두 손에 힘을 꽉 주면서 아버지를 생각했다.

'무엇 때문에 나를 입종공에게 시집보내기를 꺼리실까. 혹여
아버지께선 내가 입종의 아들을 먼저 생산할까 봐 두려워하는
것일까?'

지소는 고개를 끄덕였다.

'어머니, 두고 보십시오. 어머닌 아들을 못 낳아 한탄하셨지

61

만, 이 지소가 아들을 낳을 것입니다. 그리고 왕위를 누가 잇는지 지켜보십시오.'

지소는 돌아서서 천천히 걸었다. 하늘에 뜬 달보다 연못에 내린 달이 더욱 선명했다.

지소는 사모를 돌아보고 말했다.

"입종공의 처소로 가자."

"공주님!"

공주는 사모보다 앞서 걸었다. 귓불에 위태롭게 걸린 귀걸이가 차갑게 달랑거렸다.

남모

햇빛이 연못 위로 쏟아지자 물 내음이 푸르게 피어올랐다. 늘어진 수양버들 가지가 물에 닿아 흔들렸다. 수련의 잎들은 물 위에 떠서 푸른 하늘을 받들고 있었다.

남모는 어머니와 함께 월하정에 올랐다.

"이 찻잔을 보아라. 어느 나라에서 온 것 같으냐?"

어머니인 보과 부인은 양나라에서 가져온 차를 마시자고 했다. 하지만 차를 마시는 것보다는 찻잔을 보여주고 싶은 눈치였다.

동그란 얼굴에 연한 갈색의 눈동자, 선명한 인중 밑에 도톰한 입술, 하얀 귀 뒤로 넘긴 숱이 많은 머리까지 어머니를 빼닮은 남모였다. 구슬이 늘어진 금귀걸이와 옥으로 장식한 금목걸이, 두툼한 금팔찌를 한 남모의 모습을 보과 부인은 지그시 바라본다. 자신이 공주였던 시절도 이런 모습이었을까. 기억까지 희미한 먼 날이다.

남모는 하얀 찻잔의 밑 부분과 손잡이에 수를 놓은 듯 작게 그려진 연꽃무늬를 보고는 미소를 지었다.

"백제의 찻잔 아니옵니까?"

그리고는 어머니를 향해 몸을 살짝 기울이고 낮게 속삭였다.

"어머니의 나라에서 온 것이지요?"

보과 부인은 소리 없이 웃었다. 백제. 그 이름만으로도 가슴이 아릿해졌다.

"내가 처음 신라에 와 폐하를 다시 만난 것이 바로 이 월하에서였지."

"또 그 이야기를 하시려는 거예요? 신라의 왕자를 찾아 월성에 들어온 백제 공주 이야기?"

남모는 희끗해지기 시작하는 어머니의 머리를 보았다. 어머니가 지난 시절을 그리워하는 것은 지금의 삶이 별 재미가 없는 탓이리라 생각했다.

"백제에 사신으로 온 폐하를 보고 첫눈에 반했어. 폐하 또한 나에게 눈길을 빼앗긴 건 마찬가지였지."

보과 공주는 백제 동성왕의 딸이었다. 백제에 온 원종과 사랑에 빠졌는데, 원종이 신라로 돌아간 다음 임신한 사실을 알았다. 공주는 거지로 변장하여 몰래 백제를 빠져나와 원종을 찾아 신라의 월성으로 들어왔다. 왕궁에 숨어들어 와 군사들에게 쫓기다가 월하 연못에 빠져 허우적거렸다. 공주를 연못에서 살려준 사람이 바로 원종, 지금의 폐하였다.

"다시 젊은 시절로 돌아가 아버님을 만난다면 또 신라로 따라 오시겠습니까?"

남모가 짓궂은 표정으로 코를 찡긋하며 물었다. 보과 부인은 돌아갈 수 없는 그 시절이 그리운 듯 혹은 회한에 젖는 듯 아련한 목소리로 말했다.

"다시 젊어지면 철도 없어지겠지. 정인을 위해 전부를 버리는 것은 결코 쉬운 일이 아니다."

남모는 어머니의 외로움을 잘 알았다. 신라 왕궁에서 유일한 백제인으로 어머니는 마땅히 의지할 사람이 없었다.

"저는 백제의 찻잔이 좋습니다. 소박하지만 정갈한 멋이 있지 않습니까?"

"그렇지. 이번에 서역에서 가져온 유리잔과 유리병을 보았느냐? 맑고 신비로운 멋은 있으나 가벼워 보이지 않더냐? 찻잔은 백제나 가야의 자기가 더 은은하게 사람의 마음을 감추어 주지."

백제에서 온 여인이라 정식 왕후가 될 수 없고 아들을 낳더라도 그 아들이 왕이 될 수 없다는 것을 일찌감치 깨달은 보과 부인이었다. 그래서인지 외국에서 들여오는 물건에 관심을 가졌고, 물품에 대한 조예도 남달랐다.

"지소 공주가 곧 입종공과 혼인식을 올린다더구나. 너도 혼인을 할 나이가 되었는데 말이야."

보과 부인이 남모를 떠보듯이 말하며 웃었다.

"혼인은 아직 생각이 없어요."

눈을 내리까는 남모의 표정을 보과 부인은 자세히 살폈다.

"여기저기서 혼인 말이 들어오고 있어. 왕족 중에 적당한 자리를 알아보면 되겠느냐?"

남모는 대답을 피하고 연못으로 눈길을 돌렸다. 어머니는 정인을 따라 태어난 나라마저 버리고 왔는데, 나는 왜 잘 알지도 못하는 사내와 혼인을 해야 할까.

"그리고 얼마 전, 폐하께서 나에게 백제의 불교에 대해 몇 가지 물어보시더구나. 귀족들이 불교에 반대하고 있어 힘들어하셨어. 내가 폐하를 도울 일이 있으면 성심껏 돕겠다고 말씀드렸다."

일찍 불교를 공인한 백제에서 온 보과 부인에게 왕이 몇 가지 물어본 모양이었다.

"그 말씀 끝에 폐하께서도 은근히 말씀하시더구나. 아시공이 너를 며느리로 삼고 싶어 한다고."

아시공은 삼엽 공주의 남편으로 왕이 신임하는 최측근이었다.

"폐하께서 너를 불러 혼인에 대해 네 의중을 물어봐야겠다고 하시더라."

보과 부인은 왕의 관심이 고마운 듯한 말투였지만 남모는 오히려 마음이 무거워졌다. 바람 한 줄기가 연못 위로 지나갔다. 수양버들 잎이 수면을 붓질하듯 쓰다듬었다.

만개한 도화가 하염없이 지는 저녁이었다. 남모의 사모가 조용히 아뢰었다.

"공주님, 폐하께서 월하정에 납시어 공주님을 은밀히 찾으십니다."

월하정으로 향하는 남모의 마음이 가라앉지 않았다. 혹시 폐하께서 자신에게 혼인 이야기를 하려고 부르시는 것일까? 그렇더라도 이 밤에 은밀히 부르시는 것이 이상했다.

폐하의 행차인데도 월하정 주변에 등불을 켠 모들이 보이지 않았다. 어둠 속에 사모들이 몇 명 서 있고 호위무사들이 주변을 살피고 있었다. 왕은 정자에 앉아 누군가와 이야기를 나누고 있었다.

"공주님께선 정자에 올라와 조용히 이야기를 들으라 하셨습니다."

사모가 귓속말을 하듯 일러주었다. 왕과 독대를 하는 사람이 누구인지 말해주지 않았다. 남모는 발소리를 죽여 조심스럽게 계단을 올라갔다.

왕과 어떤 남자가 찻상을 마주하고 앉아 있었다. 왕은 남모를 보고는, 뒤쪽에 앉으라는 손짓을 했다. 정자 위에도 등불을 켜지 않아 달빛이 등불을 대신하고 있었다. 남모는 돌아앉은 남자를 유심히 살폈으나 누군지 짐작할 수 없었다.

남모는 그의 뒤로 약간 떨어져 앉으며 남자 앞에 놓인 것을 보았다. 목탁과 염주였다. 왕은 지금 혼인 일로 담소나 나누자고 남모를 부른 것이 아니었다.

"불교는 신을 근본으로 삼지 않고 사람을 근본으로 여기며, 모든 만물에까지 그 수행의 힘이 미치게 합니다. 곧 일체경계 본래일심! 이것이 불교의 인본사상이니 백성들에겐 부처님이 구원자가 될 수 있습니다. 감히 아뢰옵건대, 이 나라도 백성을 근본으로 삼아야 이치가 마땅하지 않습니까?"

돌아앉은 사내의 목소리는 어둠을 가르며 맑게 울렸다.

"귀족들은 자기 부족의 신에 빠져 있기 때문에 불교가 들어오면 자기들의 신앙이 훼손될 거라고 생각하는 게 문제일세. 하지만 나는 그렇게 생각하지 않아. 지금 신라에서 믿는 오악신 군들과 불교를 잘 어울리게 할 수도 있다고 생각하네."

"옳으십니다. 하지만 나라를 위해 목숨을 바치라는 호국 불교의 이념은 귀족들로 하여금 불교를 경계하는 마음을 가지게 할 것입니다."

남모는 이 사내가 누구인지 짐작이 갔다. 왕을 모시는 사인 중, 불교에 박식한 젊은이가 있다고 했다.

"귀족들의 마음을 움직이게 하기 위해서는 강력한 동기가 필요합니다. 제가 비록 미천하지만, 제 전부를 바쳐 불교를 전하겠습니다."

왕은 고개를 저었다.

"이전에도 묵호자란 승려가 공주의 병을 고쳤지만, 왕이 죽자 사람들이 묵호자를 죽이려 하였지. 그뿐인가, 아도란 승려도 사람들 사이에 불심을 전파하고 다녔지만 억압에 못 이겨 결국 손수 무덤을 만들고 자결하지 않았는가? 자네의 생각만큼 결코 쉬운 일이 아니네."

왕이 달을 한 번 올려다보고 찻잔을 비웠다. 사내가 두 손으로 공손히 차를 따랐다.

"나라를 위하여 자신을 희생하는 것은 신하의 일이요, 임금을 위하여 목숨을 바치는 것이 백성의 바른 뜻이라 했습니다. 신 이차돈, 폐하와 백성들, 부처님을 위하여 이 한 몸 바치겠습니다. 제 목숨을 거두어 본보기로 삼는다면 반드시 불교를 공인할 수 있을 것입니다."

결의에 찬 그의 목소리는 떨리고 있었다. 남모는 고집스러워 보이는 그의 등을 뚫어지게 바라보았다.

이 청년은 진정 죽음이 두렵지 않은 것일까? 폐하께서 나를 부르신 연유는 무엇일까?

"그건 안 되는 말일세. 더욱이 불교에서는 살생을 금하고 있어. 진리라고 해서 사람의 목숨과 바꿀 수는 없네. 남모야, 이리 가까이 오너라."

남모는 일어나 몇 걸음 앞으로 다가가 앉았다. 그가 남모에게 고개를 숙였다.

"이차돈과 불교를 공인하는 방안에 대해 이야기를 나누고 있었다. 이차돈의 의지가 거룩하지만 귀한 목숨을 담보로 하는 것은 안 될 일이지. 나는 왕궁 안에서 불교를 퍼뜨리는 현명한 방도를 찾고자 한다. 너는 네 어미와 함께 불심이 깊은 줄 알고 있느니라. 그래서 부른 것이야."

남모는 왕이 자신을 부른 이유를 알자 마음이 가벼워졌다.

"소녀가 미약하나 할 수 있는 일이 있다면 무슨 일이든 하겠습니다."

"왕궁 안에 스님들을 초대하여 불사를 일으키는 일을 논의할 것이다. 백제에서 온 스님들이 네 어미를 뵙고자 한 것으로 위장 할 생각이다. 그렇다면 왕궁 안에서 스님들의 불법을 듣는 일이 자연스럽게 이루어질 것이다. 이것을 계기로 왕궁에서 불교를 공인받을 수 있는 기회를 만들고자 한다."

왕이 세운 계획이었다. 이미 불교를 공인한 백제에서 온 어머니를 이용해 스님들의 불법 행사를 치른다는 것이었다.

"제가 어머니와 의논하여 폐하의 뜻을 받들겠습니다."

남모의 말이 끝나기도 전에 이차돈이 머리를 조아렸다.

"하오나 폐하! 불교는 백성들의 소망입니다. 만백성을 위한 것이어야 그 정당성을 인정받을 수 있을 것입니다. 폐하께서 귀족들을 견제하기 위해 스님들을 왕궁 안으로 모시는 것이 가능할 수 있으나, 백성들에게 불교의 가르침이 다가가기에 한계가 있어 염려스럽습니다."

이차돈은 당돌하리만큼 강경하게 말했다. 남모가 조심스럽게 말했다.

"귀족들 사이에서도 불교를 믿는 사람들이 은밀히 늘어나고 있다고 들었습니다. 왕궁의 의지를 확실히 모아 보여준다면 귀족들이 이를 거역하지 못할 것입니다."

"폐하! 왕궁에서 불사를 일으키기 전에 제가 천경림에 불사를 일으키겠습니다."

그림자 진 그의 옆얼굴은 고집스럽고 당당하게 왕을 쳐다보고 있었다.

"천경림 숲은 귀족들이 제사를 지내는 곳이 아닌가?"

"그러기에 그곳에 절을 짓겠나이다. 제가 왕명을 받았다 하며 그것을 기필코 실현하겠나이다. 제가 나서면 많은 백성들이 힘을 모을 것입니다. 하오나 왕궁에서 먼저 불사를 일으키려고 하면 귀족들의 반대가 심해 오히려 불교를 공인하는 시기가 멀어질 것입니다."

남모는 이차돈 옆에서 그의 이야기를 듣는 것만으로도 경이로운 부처님의 세계에 다가가는 듯했다.

"저녁에 제가 부처님의 가르침을 받든다면, 커다란 가르침이 아침에 행해져 부처님의 날이 설 것이요, 폐하께서는 길이 평안한 나라를 만드실 수 있을 것입니다. 왕명을 빙자한 죄로 제 목숨을 거두십시오. 목숨을 바치겠사옵니다."

왕은 안타까운 음성으로 말했다.

"정녕 그 길이 올바른 길이겠는가?"

"폐하, 제가 내일 아침 일찍 왕명을 받아 백성들을 데리고 천경림에 가 절을 짓겠노라 하며 나무를 벨 것입니다. 그때 저를 잡아들여 목을 치시면 반드시 상서로운 일이 일어날 것입니다."

왕이 거듭 만류했지만 이차돈은 고집을 꺾지 않았다. 이윽고 세 사람은 정자에서 일어났다. 이차돈은 왕에게 마지막 절을 올렸다. 왕은 더 이상 말을 잇지 못했다.

이차돈은 돌아서서 어둠 속으로 사라졌다. 남모는 그의 뒷모습을, 살아 있는 부처님을 보듯 가슴에 새겼다.

하늘에서 금빛 유성이 길게 꼬리를 남기며 서쪽으로 떨어졌다.

월성에 눈꽃 지다

"훼부의 모극지 왕은 이 일을 어찌 책임지려 하시오?"

왕이 회의장에 들어서는 순간, 왕을 기다리던 진골 귀족들이 소리쳤다. 왕은 입술을 깨물었다. 훼부는 신라 6부 중 하나로 왕은 훼부 출신이었다. 모극지는 훼부의 우두머리일 때의 왕의 이름이었다. 귀족들은 아직 왕을 6부의 대표자 중 한 사람으로 여기고 있었다.

"무슨 일로 이러시오?"

왕은 어깨를 가다듬고 심호흡을 했다.

"이차돈이 왕명을 받아 절을 짓는다고 하는데 어찌된 일입니까?"

"그것도 천신을 모신 천경림에 절을 짓는다 하니, 이것은 천신과 귀족들을 모욕하는 일이요, 신라의 기강을 무너뜨리는 반역행위 아니오?"

그때 맞은편에 서 있던 아시공이 목소리를 높였다.

"일개 하급관리인 사인이 하는 말만 듣고 감히 폐하께 이리 무엄한 말씀을 올린단 말이오?"

화를 내던 귀족들이 잠시 주춤했다. 아시공이 왕에게 고개를 숙이고 말했다.

"지금 천경림에서 이차돈이 나무를 모조리 베어내고 있습니다. 이유인즉, 왕명을 받아 거기다 흥륜사라는 절을 짓는다는 것이옵니다."

"왕명이라니!"

왕이 손으로 탁자를 내리쳤다.

"왕명이라니! 나는 그런 명을 내린 적이 없소이다! 불교가 공인되지 않은 나라에 불사를 일으키다니!"

귀족들이 당황한 듯 서로 얼굴을 마주 보았다. 아시공이 그것 보라는 듯이 맞은편에 선 귀족들을 치떠 본 후, 목소리에 힘을 실었다.

"이차돈을 당장 잡아들여 왕명을 빙자한 대역죄를 물어야 할 것입니다."

"정말 왕명이 아니란 말씀이오? 그러면 그 많은 백성이 어디서 동원되어 나무를 베어낸단 말이오?"

이벌찬이 고개를 꼿꼿하게 세우며 물었다.

"그야, 숨어서 불교를 믿던 놈들 아니겠습니까? 그놈들 다 잡아들여 다시는 불교 이야기를 꺼내지 못하도록 도륙을 해야 합니다. 천경림에 간 놈들 모두를 잡아들이라고 명을 내리십시오."

파진찬이 격노해서 말했다. 이벌찬이 그런 파진찬을 진정시키듯 천천히 말했다.

"감히 천경림의 나무를 베었다는 것만으로도 중죄지요. 하지만 백성들 사이에서 이미 불교가 퍼져 나가고 있소이다. 억압하면 오히려 반발이 클 것이니 이차돈만 잡아들이는 것이 마땅한 줄 압니다."

그러자 파진찬이 눈을 동그랗게 떴다.

"아니, 그게 무슨 말씀이오? 나라의 기강을 잡아야 할 이벌찬이 그런 말씀을 하시오? 불교는 사악한 미신이오. 왕명까지 빙자하지 않았소이까? 이것은 반역이오!"

왕은 귀족들의 말을 가만히 듣고 있었다. 불교를 반대하는 귀족들이 대부분이지만 현실을 받아들여야 한다는 의견도 있었다.

왕은 심호흡을 하고 무언가 결심한 듯 외쳤다.

"가서 이차돈을 당장 잡아오라!"

천경림에서는 백성들이 나무를 베고 있었다. 새들이 떼를 지어 날아오르고 서라벌의 말들은 날뛰기 시작했다.

"아가씨, 이차돈께서 사람들과 함께 천경림에서 나무를 베고 있답니다."

달래의 이야기를 들은 준정은 곧바로 말에 올랐다. 어젯밤 이차돈의 집 앞에서 그를 기다렸으나 만나지 못했다. 불교를 위해 목숨이라도 내어놓아야 하니 이승에서의 인연은 다했다는 그의 말이 마음에서 떠나지 않았다.

천경림은 신의 후손이라고 믿는 귀족들이 자신들의 신에게 제사를 지내는 성스러운 숲이었다. 준정은 숲 앞에 이르렀다. 많은 백성들이 나와 남자들은 나무를 베고, 여자들은 나무가 넘어갈 때마다 환호성을 지르고 있었다. 향도에 모이던 신자들도 모두 나와 있었다.

준정은 이차돈을 찾았다. 그는 자색 공복을 입고 서서 사람들을 지휘하고 있었다.

"이것이 어찌된 일입니까?"

이차돈은 결의에 찬 표정으로 대답했다.

"왕명을 받아 천경림에 절을 짓기로 했소. 신라 최초의 절이 될 것이오."

"왕명이라니요!"

이차돈은 준정의 어깨를 잡았다.

"내 마음이 흔들리지 않도록 빌어주시오. 내 운명을 기꺼이 받아들여 불교가 널리 퍼지도록 해주시오."

준정은 그의 말이 무슨 뜻인지 깨달았다. 불교를 금하고 있는 나라에서 절을 짓다니! 목숨을 내놓는 일이다. 이차돈은 돌아서서 사람들을 독려했다.

"나무를 베시오. 왕명이오!"

준정은 마음속에서도 뜨거운 것이 솟구쳐 올랐다. 백성들의

환호 속에서 웃으며 일을 독려하는 그의 운명이 준정의 가슴마
저 뜨겁게 끓어오르게 했다.

그때 말발굽 소리가 들렸다. 왕궁의 군사들이 먼지를 일으키
며 달려왔다. 백성들이 숲 앞을 가로막고 있어 그들은 말에서
내렸다.

"죄인 이차돈은 왕명을 받아라. 속히 잡아들이라는 폐하의
명이다!"

백성들이 겁에 질려 수군거리면서도 군사들에게 길을 터주
지 않았다. 숲에서는 커다란 나무 한 그루가 굉음을 내며 쓰러
졌다.

"죄인 이차돈은 썩 나오거라!"

준정이 병부의 대장 앞에 나섰다.

"이차돈께선 지금 왕명을 받아 나무를 베고 있습니다. 무슨
죄를 씌운다는 것이오?"

"왕명을 빙자하였으니 죽어 마땅하오! 어서 나오시오!"

"안 됩니다! 우리는 이차돈을 내줄 수 없습니다!"

준정의 말에 백성들이 동조하며 군사들 앞을 빽빽하게 막아
섰다.

"비키시오. 감히 왕명을 전하러 온 병부에 반항하면 가만두
지 않겠소!"

"그럼 우리를 먼저 잡아가시오."

준정이 목에 핏대를 세웠다. 지금 이차돈이 끌려가면 살아남

지 못할 것이다. 그렇다면 나 역시 목숨을 버리리라. 수년 동안 마음을 다해 사모하고 공경해온 이차돈이었다. 자신을 부처님의 세계로 이끌어준 등불이었다. 백성을 위한 삶이 가치 있는 삶이라고 가르쳐준 사람이었다. 그의 품에 있으면 자신이 세상에서 가장 행복한 여인이 되었다. 모든 정념을 바쳐 사모했던 유일한 사내, 이차돈이 없는 세상은 준정에게도 의미가 없었다.

병부의 대장이 검을 뽑았다. 군사들 앞을 가로막은 여인네들 입에서 짧은 비명이 터져 나왔지만 준정은 눈도 깜짝하지 않았다.

"나를 베고 가시오. 여기 둘러선 죄 없는 백성들을 다 죽이고 그를 데려갈 참입니까?"

"그만하십시오."

차분한 이차돈의 음성이었다. 그는 앞으로 나서며 준정에게 비켜서라는 눈길을 주었다.

"내가 갈 길입니다. 폐하를 뵙고 오겠으니 물러나십시오."

이차돈이 앞으로 나서자 군사들이 그를 양쪽에서 붙들었다. 준정이 군사들을 밀쳐내려 달려들었다.

"이 길을 가시면 다시는 못 돌아옵니다. 당신을 따르는 백성들을 내버려두고 혼자 떠나려 하십니까?"

이차돈이 울부짖는 준정을 돌아다보았다.

"백성들이 바라는 세상은 제가 아니라 부처님의 품입니다. 저는 백성들에게 부처님을 보내드리기 위해 이 길을 기꺼이 갈 것입니다."

숲에서 나무를 베던 남자들이 모두 나와 도끼를 든 채로 군사들 앞을 가로막았다.

"이분을 데려가려면 우리를 모두 죽이고 가야 할 것입니다."

도끼를 움켜쥔 남자들이 길을 막자 군사들도 당황했다. 이차돈이 그들을 부드럽게 달랬다.

"여러분, 곧 나라에서 불교를 공인할 것입니다. 제가 아니라도 여러분은 이곳 천경림에 절을 짓게 될 것입니다. 그것이 부처님의 보살핌입니다."

결국 남자들도 눈물을 머금고 길을 터주었다. 병부의 대장은 몰려든 사람들이 두려운 듯 이차돈을 말에 태우고 급히 자리를 떠났다. 백성들은 이차돈을 목놓아 부르며 그 뒤를 따라 왕궁으로 향했다.

왕은 흥분한 귀족들의 질타를 들으며 자신의 선택이 과연 옳았는지 고심하고 있었다. 문밖에서 다급한 발소리가 들려왔다.

"이차돈을 잡아 병부 관아의 뜰에 압송하였습니다."

왕보다 귀족들이 앞서서 자리에서 일어났다. 병부는 왕궁의 북쪽에 있었다. 월하정 옆을 지날 무렵 담장 밖이 소란스러웠다.

"성 밖에 무슨 일이 있는 게냐?"

이벌찬이 물었다.

"백성들이 몰려와 이차돈을 돌려달라고 애원하고 있습니다."

"저런 발칙한! 필시 천경림에서 이차돈의 지시로 나무를 베던 불교 신자들일 게요. 다 잡아들여야 합니다."

파진찬이 흥분했지만 이벌찬은 고개를 저었다. 담장 밖에서 외치는 고함소리를 들으며 그들은 병부 관아로 향했다.

넓은 뜰에 이차돈이 있었다. 지는 가을 햇살이 그의 머리를 붉게 비추었다.

왕이 앞으로 나아가 의자에 앉자 귀족들이 왕의 양 옆으로 늘어섰다. 하리가 달려들어 이차돈을 무릎 꿇게 했다. 그는 왕을 한 번 본 후 고개를 숙였다.

"네 이놈! 감히 왕명을 받았다는 말로 백성들을 속였단 말이냐?"

"왕명은 없었지만 부처님의 명을 받았습니다. 왕명보다 거룩한 부처님의 가르침에 따랐을 뿐입니다."

이차돈의 목소리가 쩌렁쩌렁 울렸다. 귀족들이 분을 참지 못하고 소리를 질렀다.

"감히 천경림을 훼손하여 우리들의 천신을 욕보이다니! 천신의 후손인 귀족들을 뭘로 보고 그런 짓을 한 것인가?"

"불온한 사상으로 백성을 선동하였겠다? 모든 사람이 평등하다 주장하다니! 그런 불교가 나라에 퍼지면 백성들이 다스려지겠느냐?"

이차돈이 그들을 향해 말했다.

"끼니도 못 잇는 백성들을 보고도 귀족들 배만 불리라는 것이 천신의 뜻이오? 백성들에겐 그런 천신이 필요없소! 부처님은 모든 사람의 근본은 동등하다 하시오. 그래서 백성들이 부처님을 원하는 것이오!"

파진찬이 고개를 절레절레 흔들었다.

"젊은 놈이 부처의 꼬임에 빠졌구나. 나라란 자고로 백성들이 잘 다스려져야 하는 법. 백성이 귀족과 똑같은 존재라 하면, 백성들이 귀족의 말을 듣겠느냐? 불교로는 나라를 제대로 다스릴 수가 없느니라!"

"백성을 다스리는 자가 귀족이란 말이오? 그렇다면 그 귀족을 다스리는 자는 누구요?"

이차돈의 말에 귀족들은 흥분하여 저마다 소리쳤다. 그러나 누구도 나서서 그 말에 대답을 내놓는 이가 없었다. 이차돈은 왕을 향해 머리를 숙였다.

"왕이시여! 귀족들은 왕께서 불심을 얻어 자신들을 다스리는 것을 원치 않습니다. 그러기에 더더욱 왕께서 부처님의 마음으로 귀족과 백성을 동등하게 살펴 다스려야 할 것입니다."

"감히 네가 세 치 혀로 폐하를 농락하려고 무슨 헛소리를 지껄이는 게냐!"

"태생이 있고 분수가 있는 법, 감히 귀족의 신분을 노비와 견주다니! 백성들이 분수를 잊고 귀족들을 거스른다면, 그것이 곧 나라를 망치는 일 아닌가? 나라를 어지럽게 하는 자는 반역자다."

이찬의 말에 이차돈이 말했다.

"백성들이 불심을 가지면 분수를 모를까 봐 두렵소이까? 노비들이 귀족을 말을 듣지 않고 농사라도 거역할까 봐 두렵소이까? 부처님은 백성들 또한 귀족과 마찬가지로 여기시오. 현재의 고통을 참고 분수를 지켜 사람된 도리를 다하면 누구나 내세에 잘살 수 있다고 하시오. 백성들이 원하는 것은 그 믿음이지 결코 분수도 모르고 귀족들을 거역하고자 함이 아닙니다."

왕이 근엄한 목소리로 물었다.

"그래서 너는 정녕 천신을 버리고 백성들에게 불법을 전하려하느냐?"

이차돈은 한 번 더 머리를 조아린 뒤 간곡하게 말했다.

"불법을 행하면 백성이 편안해지고 나라가 부흥할 것입니다. 백성을 위하고 나라를 살리는 길이니 제가 무엇을 두려워하겠습니까?"

이벌찬이 크게 꾸짖었다.

"무엄하다! 감히 네가 왕도를 입에 담는단 말이냐?"

왕이 좌우의 귀족들을 둘러보며 말했다.

"이차돈이 결코 불심을 버리지 않으니 어떻게 하면 좋겠소?"

왕의 말이 떨어지기도 전에 파진찬이 대답했다.

"참수를 해서 일벌백계로 삼아야 합니다. 지금 성 밖에서 소란을 피우는 저들을 보소서. 이차돈을 살려두면 저들은 더 큰 소란을 일으킬 것입니다."

이차돈을 살려주자는 사람은 아무도 없었다. 왕은 복잡하게 죄어오는 마음을 풀 수 없었다. 마지막 선택을 할 수밖에 없는 시간이 눈앞에 와 있었다.

"마지막으로 한 번만 더 묻겠다. 네가 부처를 버리겠다고 하면 목숨은 살려주겠다."

"무엇을 겁내십니까? 제 목을 치시지오. 저는 목숨이 붙어 있는 한 부처를 모시고 불사를 일으킬 것입니다. 신라 백성들의 극락왕생의 길을 도울 것입니다!"

이차돈은 어젯밤 간곡히 말했다.

제가 목을 치시라 말씀드리면 더 이상 망설이지 마십시오.

왕은 흔들리는 마음을 억누르며 그를 보았다. 이차돈은 조금도 거리낌 없는 얼굴이었다. 왕은 신하들에게 한 번 더 물었다.

"나는 이 자를 살려두어야 한다고 생각하오. 그러나 그대들이 모두 죽이라고 하면 죽이겠소!"

그러자 모두 이구동성으로 대답했다.

"죽여야 합니다!"

이벌찬과 아시공은 대답하지 않았다. 이차돈이 좌우의 신하들을 보고 마지막으로 말했다.

"내가 죽은 뒤에 주검에서 상서로운 조짐이 보이면 불교를 인정하시오!"

신하들은 그의 말에 코웃음을 쳤다.

"상서로운 조짐? 그래, 네놈 목이 잘리는 것을 우리가 똑똑히 지켜보마. 제 목숨 아까운 줄도 모르는 어리석은 놈이 큰소리냐!"

왕은 이차돈의 눈길을 피했다.

"이차돈의 목을 베라!"

하리가 이차돈의 관복과 관을 벗겼다. 그는 푸른 웃옷에 통이 넓은 옥색 바지를 입었다. 손을 묶은 뒤 하리들이 양쪽에서 그의 팔을 붙들었다. 왕이 말했다.

"칼을 들기 전, 마지막 소원을 들어주어라."

이차돈은 왕에게 눈길을 주지 않고 담담한 표정으로 걸어 나갔다. 이차돈의 죽음을 확인하러 가는 신하들도 말을 삼가는 분위기였다. 해가 가녀린 숨을 끌고 산을 넘어가고 있었다. 왕의 가슴도 무엇에 막혀 숨을 쉴 수가 없었다. 그를 죽여야만 불도를 얻을 수 있을까.

그때 웅성거리던 담장 밖에서 굵은 비명 소리가 들려왔다. 왕은 호위무사에게 손짓을 했다.

"무슨 일인지 알아보라."

호위무사가 중문을 열고 나갔다가 달려왔다.

"한 여인이 말을 타고 달려와서는 이차돈을 만나야 한다고 악을 쓰고 있습니다."

"여인이라니? 혹시 이차돈의 어미인가?"

"아닙니다. 예전에, 밤길에 잠시 본 적 있는 처자인 듯합니다."

준정! 왕은 달빛 아래 보았던 준정의 얼굴이 떠올랐다.

"데려오라."

왕은 준정의 마음이라도 달래주고 싶었다. 그렇게 하는 것이 아차돈의 죽음에 대한 자비라고 여겼다.

월성의 성벽 둘레에는 호를 파서 물이 흐르고 있었다. 성 안에서 성문을 열고 다리를 내려야 성으로 들어올 수 있었다. 왕은 준정을 기다리는 시간이 길게 느껴졌다. 다가오는 준정을 보자 왕의 마음은 더 아득해졌다. 준정은 가는 허리를 졸라맨 보랏빛 바지를 입은 채 미친 듯이 다가왔다. 그녀는 자기 앞에 있는 사람이 신라의 왕인지 확인도 없이 그 앞에 엎어졌다.

"살려주십시오. 이차돈을 살려주십시오. 이 나라 백성들을 위해 불심으로 가득 차 있을 뿐, 그는 아무 죄가 없습니다!"

준정은 눈물을 쏟으며 왕 앞에 꿇어앉아 빌었다. 간절한 그녀의 목소리에 왕의 마음이 흔들렸다.

"저도 같이 죽여주십시오! 흐흐흑!"

내가 이 꽃다운 젊은이에게 무슨 짓을 하려는 것인가?

"마지막이라면, 한 번만 보게 해주십시오. 한 마디라도 전하고 보내게 해주십시오!"

준정은 애끓는 목소리로 울부짖으며 왕의 팔을 부여잡았다. 소맷자락을 쥐고 바들바들 떠는 준정을 보고 왕은 고개를 끄덕였다.

"그, 그래, 마지막 소원이라니 들어주마, 여봐라."

왕이 호위무사에게 손짓을 할 때였다. 이차돈이 끌려간 뒤뜰 쪽에서 커다란 외침이 들려왔다. 왕은 가슴이 내려앉았다. 참수를 하겠다는 신호였다.

"잠시 멈추라 하라!"

왕이 다급히 부르짖자 호위무사가 달려갔다. 그러나 왕은 이미 때가 늦었음을 알았다. 준정이 소리 나는 쪽을 쳐다보고 안간힘을 쏟으며 일어났다. 애써 준정의 눈이 슬프게 풀어져 초점을 잃어갔다. 이차돈은 저 너머에서 마지막을 맞을 것이다.

왕은 보았다. 짧은 외침과 함께 하얀 빛줄기가 솟아올랐다. 붉게 해가 지는 하늘 속으로 하얗게 굵은 빛줄기가 번져갔다. 울음소리도 그 어떤 소리도 들리지 않았다. 세상의 모든 소리를 삼키며 흰 빛이 솟아오르고 있었다.

자세히 보니 그것은 빛이 아니었다. 물이었다. 하얀 물줄기가 솟아오르는가 싶더니 공중에서 부서져 눈처럼 쏟아져 내렸다. 눈꽃이 흩어져 사방에 떠다녔다. 담장을 넘어 왕이 서 있는 곳까지 눈꽃이 날아왔다. 준정이 떨리는 손으로 눈꽃을 받았다. 준정의 손에 닿은 눈꽃은 하얀 눈물이 되어 손바닥에 번졌다.

'흰 피로구나.'

왕은 이차돈의 목이 잘렸을 때 흰 피가 솟구쳤다는 것을 알았다. 자신이 죽은 뒤에 상서로운 조짐이 있을 것이라고 하던 이차돈의 말이 떠올랐다.

부처님의 상서로운 힘으로 흰 피가 나타난 것인가.

왕은 두 손을 모아 합장하며 뜨거운 눈물을 삼켰다. 준정이 쓰러졌다. 해는 산 너머로 떨어지고 눈꽃은 쓰러진 준정의 몸 위를 떠돌았다.

새들이 무리지어 날아올라 하늘을 돌았다. 말의 울음소리가 하늘을 삼킬 듯 거칠고 우렁찼다. 담장 밖에서 백성들의 곡소리가 온 산하를 흔들고 있었다.

"이차돈이시여!"

왕은 성문을 열어놓도록 했다. 백성들의 통곡소리가 점점 더 커졌다. 땅에 내려앉지 못하는 눈꽃들이 공중으로 솟구쳐 오르기도 했다. 눈꽃들은 백성들의 울음소리를 신고 서라벌 하늘을 뒤덮었다.

다시 활을 잡다

월성의 북궁에서 바라다보이는 서쪽 소금산 언덕에 이차돈이 묻혔다. 여러 날 동안 많은 백성들이 그의 묘를 향해 절을 올렸다. 소금산 언덕에서는 동서남북으로 월성의 모습이 내려다보였다. 부처님의 마음으로 부족함이 없어 보였고, 마음을 모아 자비를 베풀기에 적당한 곳이었다.

사람들의 눈물 흔적이 어둠에 묻힐 무렵, 준정은 홀로 이차돈의 묘 앞에 왔다. 이차돈의 순교 이후 세상이 달라지고 있었다. 스님들이 그의 묘 앞에서 불경을 외웠다. 이차돈을 기리기 위해 이곳에 절이 세워질 것이라 했다. 이차돈이 간 길을 따라 부처님이 오셨다고 백성들은 즐거워했다.

준정만이 아직도 참혹한 시간을 다스리지 못했다. 생의 등불이었던 이차돈은 불같이 타올라 재가 되었다. 세상은 깊은 어둠에 잠겼고 부처님의 구원이 오히려 준정에게서만 멀어져가는 느낌이었다. 곡기를 끊은 지 며칠이 지났다. 속을 비우면 정신이 몸을 떠나 자유로워질 수 있을 것 같았다. 준정은 비로소 자신이 생의 마지막 순간에 서 있다는 것을 느꼈다.

"이차돈이시여. 극락왕생하옵소서."

준정은 마지막 절을 하고 묘 앞에 퍼질러 앉았다. 백팔염주를 손에 쥐고 나무아미타불을 외기 시작했다. 어둠은 깊은 골을 만들어 적막의 곡소리를 흘려보냈다. 이승의 마지막을 고하는 곡소리였다. 서리를 받은 몸이 서서히 식어갔다. 새벽녘, 별빛이 스스로 빛을 거둘 즈음 죽음이 머리끝까지 차올랐다. 말갛게 머리가 맑아졌다. 준정은 이차돈을 생각하며 몸을 기울였다.

순간, 거센 바람이 준정의 몸을 일으켜 세우는 듯했다.

"집착에 갇혀 이승의 좁은 연을 버리지 못하였군요."

서늘한 목소리가 준정의 팔을 붙잡았다. 어둠 속에 한 스님이 쓰러지려는 준정을 붙들고 있었다. 어둠 속에서도 가냘픈 몸매가 드러나는 비구니 스님이었다. 준정은 마른 풀잎 같은 입술을 겨우 움직였다.

"나를 여의어 집착에서 떠나려 합니다. 잡지 마소서."

"자신을 여의는 것은 무지한 짓이오. 어찌 불생불멸의 진리가 된 이차돈을 이승에서 욕보이려 하시오?"

날이 선 칼 같은 목소리였다. 단정하게 정돈된 눈과 입매가 어둠을 타고 다가왔다.

스님이 이차돈을 아시오? 그의 눈빛이 어떠한지 아시오? 그가 나를 바라보던 눈빛을 헤아릴 수 있겠소? 그를 보낼 수 없으니 내가 따라갈 수밖에.

준정은 눈물을 닦고 비틀거리며 일어섰다. 이차돈의 묘 앞에서 그대로 주검으로 굳어지고 싶었다. 그것마저 지켜보는 눈이 있어 마음대로 이루지 못했다. 비구니는 묘 앞에서 벌어질 일을 눈치 채고 있는 듯했다. 준정은 휘청거리는 다리에 힘을 주어 걸음을 옮겼다. 소금산을 내려와 남천이 내려다보이는 언덕에 올랐다. 해가 뜨려면 아직 시간이 남았다. 해가 뜨기 전에 그의 영혼 곁에 누우리라.

남천의 강물은 검은 하늘을 품고 바다를 향해 흘러가고 있었다. 차가운 물소리에 몸을 섞으면 쉽게 저 바다 속으로 가서 보는 이 없이 소멸할 수 있겠지. 삶이 죽음으로 이어지는 길은 저 강물이 바다로 향하는 것과 같다. 몸이 지닌 번뇌여. 천천히 바다에 가라앉아 사그라지면 극락이 아니어도 가벼워지리.

준정은 절벽 위에 서서 두 팔을 벌렸다. 문득 아버지가 숨겨둔 어머니의 활을 처음 보았을 때가 떠올랐다. 어머니가 주신 이 몸도 이제 마지막 활시위를 당기렵니다. 차가운 강바람에 가슴이 밀려 몸이 기울 때였다.

"탁!"

발끝에 날카로운 바람이 스쳤다. 화살이 날아와 꽂혔다. 오른발 바로 앞, 서리 내린 땅에 화살이 깊이 꽂혀 있었다. 놀라 뒤돌아보았다. 그 비구니 스님이었다. 스님이 활을 들었다. 준정을 향해 활을 겨누는 자세가 예사롭지 않았다.

"탁!"

준정의 왼발 앞에 화살이 꽂혔다.

"이 또한 부처님의 뜻이오."

비구니 스님이 돌아서는 것이 아찔한 찰나로 보였다가 눈앞이 어두워졌다. 준정은 검은 강 속으로 가라앉는 자신의 모습이 보이는 듯했다.

"준정 아가씨, 준정 아가씨!"

이승을 건너 저승으로 향하는 강가에서 누군가의 목소리가 들리는 듯했다. 다시는 눈을 뜨지 않으리라.

밤은 깊고 달빛이 은밀하게 적막의 뿌리를 내렸다.

월궁의 가장 깊은 곳, 신당의 오도 부인은 왕의 명을 받들고 있었다. 한 여인을 보살피라는 왕명을 남모 공주가 와서 전하였다. 여인이 누운 머리맡에는 관세음보살의 탱화가 걸려 있었다.

여인은 아직 소녀티를 벗지 못해 귀 밑에 솜털이 보송보송했다. 갸름한 얼굴에 핏기라곤 없었다. 그린 듯이 새까만 눈썹이 간혹 꿈틀거리고 메마른 입술에서 가냘프게 신음이 새어나왔다.

"이분은…… 깨어나고 싶지 않은 낯빛입니다. 누구신지, 제가 알아도 되겠습니까?"

남모 공주는 어려운 이야기인 듯 잠시 뜸을 들이고는 말을 이었다.

"이차돈의 여인입니다. 그가 순교를 한 후에 목숨을 버리려 하다가, 이제 겨우 제대로 숨을 쉽니다. 폐하께서 이차돈의 거룩한 희생을 받드는 마음으로 이분을 궁으로 모셔 우선 몸을 회복하게 하고 차후에 불사를 일으키는 일을 의논하신다 하셨습니다."

여인은 손에 염주를 꼭 쥐고 있었다. 손을 닦아주려고 염주를 풀려 했지만 손이 펴지지 않았다.

"이분이 빨리 몸을 회복할 수 있도록 보살펴야 합니다."

"제가 정성을 다하겠습니다. 부처님을 모시는 마음으로 정성껏 돌보아드리겠습니다."

남모는 거듭 부탁하고 돌아갔다.

기운을 회복하는 데 좋은 음식을 만들어주었지만 여인은 삶에 대한 의지가 없어 보였다. 고기는 입에 대지도 않았고 정갈히 차린 반찬도 별로 먹지 않았다. 하지만 여인의 얼굴에는 서서히 붉은빛이 돌고 있었다. 얼굴은 관세음보살만을 향하고 있지만, 여인이 조금씩 몸을 회복하는 기운이 느껴졌다. 남모가 자주 들러 안부를 물었다. 하지만 여인의 목소리는 단 한 번도 문밖으로 나오지 않았다.

어느 밤, 왕이 호위무사만 데리고 신당에 들렀다.

"좀 어떠한가?"

여인의 안부를 묻는 왕의 목소리에서 감출 수 없는 안타까움이 느껴졌다. 왕을 옆방으로 안내했다. 여인이 일어나 공손히 인사를 올렸다.

"기운을 차려 참으로 다행이구나."

"죽어야 할 목숨을 살리셨습니다."

오도 부인은 여인의 목소리를 처음 들었다. 공허하게 들렸지만 슬픔이 빠져나간 빈자리를 누군가 채워주고 싶게 만드는 애절함이 있었다.

"신당이 갑갑하지는 않은가?"

왕은 자비로운 눈길로 여인의 얼굴을 살폈다.

"왕실 내인들의 명복을 빌기 위해 작은 절을 지을 생각이다. 얼마 전 덕이 높으신 스님을 모셔 왕궁을 둘러보고 '자추사'란 절을 짓기로 했다. 자네는 그 불사를 위해 와 있는 사람으로 하고. 절을 짓기 전까지는 여기 신당에서 지내도록 하라."

여인이 고개를 숙이며 눈을 내리깐 채 조용히 아뢰었다.

"소녀를 왕궁 밖으로 보내주십시오. 이곳은 제가 있을 곳이 아닙니다. 이제 저도 목숨 대신 머리를 깎고 그분의 극락왕생을 비는 일로 생을 보내고자 합니다."

이차돈을 말하는 순간, 차분하던 여인의 목소리가 사뭇 떨렸다. 죽은 연인을 따라가지 못하는 서러움이 오히려 준정에겐 마지막 삶의 끈인지도 몰랐다.

"준정."

왕의 목소리도 안타까움으로 젖어들었다.

"이차돈은 나라의 공신이네. 왕궁에서도 그의 극락왕생을 빌 것이야. 또한 왕실 안에 불심을 뿌리내리게 하는데 자네의 역할이 필요하네. 자네는 이차돈과 함께 향도의 여성 신도들을 이끌었다고 들었네. 남모 역시 불심이 깊으니, 남모와 의논하여 왕실 내에 불심을 전하는 일을 맡아주기 바라네."

준정이 재차 사양했으나 왕은 그녀의 의견을 더 이상 들어주지 않았다.

오도 부인은 왕의 마음이 준정에게 미치고 있다는 걸 알아차렸다. 또한 왕이 아무리 흔들어도 준정이 마음을 쉽게 내려놓지 않으리라는 것도 알 수 있었다.

오도 부인은 쓸쓸해 보이는 왕의 뒷모습을 바라보았다. 오도는 자신의 딸인 옥진이 왕이 모시기를 바랐다. 옥진은 왕의 여인이 되어 왕의 아들을 낳기만을 고대하고 있었다.

준정이 몸을 회복하면서 남모는 준정을 데리고 왕궁을 둘러보았다. 남모가 살갑게 대했지만 준정은 아무것에도 눈길을 주지 않았다. 월하정을 돌 때도 무심하던 준정이 선도들의 훈련장을 지날 때 눈에 빛이 돌며 궁터를 훑어보았다.

"활을 쏠 줄 아십니까?"

남모의 물음에 준정이 남모를 빤히 보더니 눈을 내리깔았다.

"공주님, 말씀을 낮추시지요."

"그럴 수는 없습니다. 부처님을 모실 분께 하대를 하다니요."

남모는 순교하기 전날 보았던 이차돈의 뒷모습이 잊히지 않았다. 그런 이차돈과 모든 것을 교감했을 여인이라 생각하면 준정에게 경외감이 들었다.

남모가 활과 화살을 골라 준정에게 내밀었다. 준정은 애써 활을 외면하려 하다가 미련을 끊지 못한 듯 복잡한 표정으로 활을 받아 들었다. 바람을 손끝으로 느끼며 활시위를 천천히 당겼다. 멀리 있는 과녁의 정중앙에 화살이 꽂혔다.

남모는 준정의 활솜씨에 깜짝 놀랐다. 과녁을 바라보는 준정의 눈빛이 흔들리지 않았다. 활을 잡아당기는 어깨도 팔도 떨리지 않았다. 화살을 집어 들어 시위에 걸기까지는 서두름이 없고 부드러웠다. 화살은 모두 한 자리에 꽂혔다. 표적보다 정확하고 단단한 사람이었다. 남모는 준정이 활을 그만 쏠 때까지 한 발자국 뒤에 물러나 있었다.

일정한 간격으로 활을 쏘던 준정이 멈칫했다. 까치 한 마리가 날아와 과녁 위에 앉았다. 준정은 활을 내리고 무심히 까치를 바라보았다. 과녁 위에 앉은 까치는 고개를 갸웃거리고 있었다. 까치가 날갯짓을 하는 순간 다시 활을 쏘았다. 새는 날아가고 화살은 과녁의 한가운데 명중했다. 새의 어지러운 비행도 준정의 마음을 흔들지는 못했다.

남모는 남당에서 회의가 끝나기를 기다렸다가 왕을 뵙기를 청했다.

회의가 끝난 후 위화랑이 왕의 곁에 남아 있었다. 위화랑은 오랫동안 지방의 관리로 가 있다가 이번에 월성으로 돌아왔다.

"공주님을 참으로 오랜만에 뵙습니다."

위화랑이 예를 갖추었다. 남모 역시 어릴 때 보았던 위화랑의 모습을 잊지 않고 있었다. 눈썹은 검다 못해 푸른빛이고 코는 크고도 우뚝하며, 입술은 붉었다. 얼굴에 세월의 흔적이 보이기는 하나, 위화랑은 여전히 위엄 있는 기품을 가지고 있었다.

"마침 잘 왔다. 오늘 귀족회의에서 위화랑이 청년들의 교육을 다시 책임지기로 결정했다. 또한 교육에 대한 세세한 방침을 정하였으니, 네가 돕도록 해라."

회의 결과가 만족스러운지 왕은 기분이 좋아 보였다.

"불교를 공인하고 절을 지을 것이다. 불교도 공인했으니 이제는 신라 청년들을 제대로 교육시키는 것에 힘을 다해야 할 때다."

선대왕인 지증왕 시절부터 귀족의 자제들을 모아 따로 교육을 시키고 있었다. 위화랑이 이들을 이끌었으며, 심신 수련과 풍류를 벗하여 이들을 선도라고 불렀다.

"신선의 무리라는 의미로 선도라고 불렀으나 이제는 낭도(郎徒)*라고 부르고, 이들 중 재주가 출중한 낭도들을 뽑아 '랑(郎)'**

---

* 신라 때 둔 화랑의 무리. 법흥왕 시절에는 화랑제도가 없었으나, 낭도란 표현은 사용한 것으로 보인다.
** 낭도 중의 우두머리

이라 하여 낭도보다 높은 계급을 주기로 하였다. 또한 평민의 자제가 낭도에 들어올 수 있도록 선발의 폭을 넓힐 것이다. 남모와 지소도 검술 솜씨가 뛰어나니 랑을 맡아서 낭도들의 훈련에 참여하도록 하여라.”

남모는 위화랑과 왕의 이야기를 듣고 조심스럽게 아뢰었다.

“준정 신녀의 활솜씨가 신궁에 가깝습니다. 불심이 깊고 의지가 강하여 낭도들과 어울리면 귀감이 될 듯합니다.”

“준정이?”

왕이 크게 놀랐다.

“궁술 솜씨가 신묘할 뿐만 아니라 마음을 다스리는 수련에도 능히 으뜸이 될 것입니다. 불법을 퍼뜨리는 일보다 낭도에 넣어 그 재주를 낭도 교육하는 일에 쓰도록 하셨으면 합니다.”

“진정 준정이 신궁이라면 당연히 낭도들과 어울리게 하고 싶다만, 그것이 권한다고 될 일이겠느냐? 준정은 오직 부처님께 귀의할 생각뿐이지 않더냐.”

그러자 위화랑이 말했다.

“폐하, 앞으로 낭도들에게 호국불교의 가치를 심어줘야 할 것입니다. 준정이라는 신녀가 신궁인데다 불심까지 깊다면, 낭도들의 수행에 큰 도움이 되리라 확신합니다.”

왕이 생각에 잠겼다. 왕은 준정의 뜻을 살펴보아야겠다고 생각했다.

며칠 후였다. 왕은 위화랑과 함께 수련장을 거닐며 낭도 교육에 대한 이야기를 하고 있었다. 궁터를 지나는데 바람을 가르는 소리가 예사롭지 않게 들려왔다.

활을 든 이는 준정이었다. 활을 쏘자 화살이 바람을 가르는 소리가 명쾌했다. 다시 시위에 화살을 걸었다. 주저 없이 시위를 길게 잡아당겼다 놓았다.

"폐하, 제가 가보겠습니다."

왕은 멀찍이 서 있고 위화랑이 준정에게 다가섰다.

"재주가 훌륭하네."

준정이 돌아보더니, 당황한 얼굴로 위화랑에게 고개를 숙였다.

위화랑이 준정 앞을 스치더니 활을 잡았다. 화살이 준정이 쏜 과녁을 그대로 맞혔다. 그리고 바로 화살을 다시 걸어 쏘고 연달아 화살을 쏘았다. 화살을 다시 거는데 호흡을 가다듬지도 않고 불필요한 움직임이 한 치도 없었다. 어깨에 힘을 뺀 채 최대한 빠르게 활을 쏘아 명중시켰다. 준정이 위화랑의 활 쏘는 솜씨에 놀란 표정을 지었다.

"다시 쏘아보시게."

활을 준정에게 내밀었다. 준정은 잠시 망설이다가 위화랑이 쏜 것처럼 세 번 연달아 활을 쏘았다. 갑자기 위화랑이 활을 빼앗아 과녁 아래쪽에 급히 화살을 쏘았다. 과녁을 타고 오르는 뱀을 맞힌 것이었다. 준정이 고개를 숙이며 저도 모르게 중얼거렸다.

"뱀도 생명인 것을……."

"궁터에 독사가 돌아다니면 표적을 관리하는 사람이 위험할 수도 있지. 무예란 무언가를 살리기 위해 다른 생명을 죽여야 할 때도 있는 법, 세상일에 지나치게 무심해도 안 되는 법이오."

위화랑은 준정에게 활을 내밀고는 돌아섰다. 왕은 준정이 그의 등을 향해 두 손을 모아 합장하는 것까지 지켜보았다.

"폐하, 과연 신궁이옵니다!"

위화랑이 나지막이 중얼거렸다.

왕은 위화랑과 늦게까지 낭도들을 뽑을 계획을 나누었다. 모든 것이 체계적으로 진행되어갔다. 왕은 늦게서야 흡족한 마음으로 달빛을 받으며 처소로 향했다.

처소 앞에 옥진이 서 있었다. 옥진은 달을 향해 두 팔을 안고 그 기운을 받는 듯한 자태를 취했다. 차가운 기운 속에서 짙게 달아오른 살 냄새가 은근히 유혹을 품게 만들었다. 달이 옥진의 향기를 뿌리며 왕을 따르고 있었다.

붉은 빛, 홍매였다. 왕이 찾아주기를 기다린 듯 홍매의 입술이 벌어졌다. 옥진의 벗은 등은 깊은 골짜기였다. 골짜기의 끝을 따라가면 환희가 펼쳐진 사해에 닿을 수 있었다.

"옥진아, 너는 사해를 보았느냐?"

왕은 옥진의 등에서 둔부에 이르는 능선을 쓰다듬었다. 전에가 보았던 선대 왕자의 무덤처럼 따스했다.

"모래 언덕이 있는 바다를 말씀하십니까?"

"그렇지. 나는 월성에서 나가 그곳에 이르는 꿈을 자주 꾸곤 한단다."

왕은 맨 몸에 와 닿는 비단 옷을 벗어 던졌다.

"동쪽 사해에는 가보았지만 아직 서쪽 사해에는 가보지 못했지."

옥진이 몸을 돌려 왕을 마주 보았다.

"소녀는 날마다 폐하의 사해를 꿈꾸어왔습니다. 그것이면 족합니다."

왕은 서쪽 사해를 그리워하듯 옥진의 몸을 쓰다듬었다. 왕의 손길이 미처 닿기도 전에 옥진의 몸이 복사꽃 터지듯 벌어지고 있었다. 그 꽃잎을 밟고 붉은 속살이 물결처럼 흐르는 바다에 잠기리라. 왕은 달아오른 몸을 아늑하고 붉은 물결 속으로 눕혔다. 왕의 몸은 깊은 소용돌이 속으로, 욕망의 용암 속으로 녹아들어 갔다. 검은 어둠이 하얗게 빛바랠 때까지 왕과 옥진은 몇 번이나 숨을 몰아쉬었다.

랑이 되다

"준정 신녀! 사가에서 사람이 왔습니다."

남모가 말을 탄 채 신궁으로 달려왔다. 남모의 표정만으로도 좋지 않은 일이 벌어졌음을 짐작할 수 있었다.

"사가의 아버님께서 위독하시다 합니다, 저기……."

남모가 가리키는 곳을 보니 달래가 뛰어오고 있었다.

"달래야!"

준정은 곧 사가로 나가볼 참이었다. 낭도들과 함께 수련을 하라는 왕과 지소의 권유 때문에 사가의 아버지와 의논하고 싶었다.

"준정 아가씨! 무탈하셨어요?"

달래는 눈에 눈물이 고인 채 준정의 팔을 쓰다듬었다.

"아버님께서 위독하시다니, 무슨 일이냐?"

"갑자기 쓰러지셔서 아가씨를 찾고 계세요. 성문 밖에 잠개가 마차를 대기하고 있어요."

남모가 심부름을 하는 어린 신녀에게 전했다.

"수련장으로 가서 유수 낭도에게 급히 나를 따르라 하여라."

준정은 갑작스런 비보에 정신이 아득했다. 하나뿐인 여식을 떼어놓고 얼마나 힘드실까 생각하면서도 아버지께 마음이 가 닿지 못했다.

남모가 말을 끌고 왔다. 수련 중이던 유수 낭도는 활을 메고 칼을 찬 채 달려왔다. 유수는 남모의 호위무사이기도 했다.

"유수가 준정 신녀를 호위하여 사가까지 모셔주세요. 나는 폐하와 위화랑께 보고한 후 분부를 따르도록 하겠어요."

준정은 말을 달렸다. 성문 밖에 대기하고 있던 잠개도 준정을 보고 눈시울을 붉혔다. 달래와 잠개는 마차를 타고, 준정은 유수와 함께 말을 달렸다.

열려 있는 대문 사이로 바람이 회오리가 되어 차갑게 빠져나 갔다. 가늘고 거친 바람소리가 불안했다. 유모가 달려 나와 준 정을 붙들고 눈물을 보였다.

"아이고, 아가씨. 왜 이제야 오세요?"

달려오면서 부처님께 아버지의 무사를 빌고 또 빌었건만, 방 문을 여는 순간 준정은 사그라지는 생명의 숨소리를 들었다. 뱃속 깊은 곳에서 애를 끊는 아픔이 올라왔다.

삼산공은 인기척에도 반응 없이 누워 있었다. 삼산공에게는 덮고 있는 이불조차 무거워 보였다. 준정이 다가가 아버지의 손을 붙들었다. 두 눈이 움푹 들어가고 가죽만 남은 얼굴에 검은빛이 가득했다. 아버지가 이 지경이 될 때까지 오지 못한 자신이 원망스러웠다.

"아버님!"

뼈마디가 잡히는 아버지의 손에서 온기가 느껴지지 않았다.

"아버님, 제가 왔어요. 기운을 내세요."

"준정아."

준정의 손을 잡기 위해 아버지가 안간힘을 쏟는 것이 느껴졌다.

"궁에서 공주님이 나오셔서, 집안을 챙겨주셨다. 네가, 낭도들과, 수련을 한다더구나."

남모 공주는 사가에 들렀단 말을 한 적이 없었다.

"아버지가 이 지경이신데 수련이 다 무엇입니까? 이제 제가 아버지 곁을 지키겠습니다. 기운을 차리세요."

그러나 삼산공은 고개를 저으며 잡은 손에 힘을 주었다.

"준정아."

삼산공이 눈을 껌뻑이며 마지막 힘을 다하듯 준정을 올려다보았다.

"네 어미는 신궁이었다."

어머니를 말하는 삼산공의 표정이 부드러워졌다.

"네 어미가 어디서 온 사람인지 나는 모른다. 화살을 맞고 쓰러져 있는 것을 내가 구해준 것이 인연이 되었지."

어머니에 대해 말한 적이 없는 아버지였다. 말라버린 눈동자에서도 어머니를 떠올리는 그리움은 강렬했다.

"너를 임신하고도 활을 쏘더니, 너 역시 신궁 소리를 듣나 보다."

준정이 활을 잡는 것을 반대하던 삼산공이었다.

"허나, 너를 낳고는 몸에 이상이 생겨 너를 오래 품어주지는 못했지. 왜 활을 맞았는지는 알려고 하지 말라더구나. 준정이 너를 위해서 그래야 한다고."

준정은 아버지의 손을 꼭 잡았다.

"그래서 나는 관직에 나가지 않았다. 네 어미에게 무슨 사연이 있었는지 모르나 조용히 너만 보며 살아야겠다고 작정했지."

어린 시절 별당의 낡은 상자 속에서 활과 화살을 찾았을 때가 떠올랐다. 그 활과 화살이 기억에도 없는 어머니와의 첫 만남이었던 것이다.

삼산공의 숨이 가빠졌다.

"아버님, 말씀은 그만하세요."

"허, 허, 준정아. 네가, 활을 들면 무인이 될까 봐 말렸지만……결국 그것이 너의 운명인지도 모르겠다."

순간, 삼산공이 숨을 몰아쉬더니 곧 잠잠해졌다.

"네 어미는 화장을 하여 남천이 내려다보이는 곳에 묻어 달랬지. 나를 네 어미 곁에 묻어다오."

준정의 손에 잡힌 삼산공의 손에 힘이 빠져나갔다. 두 눈을 감은 삼산공의 표정은 평온했다.

"아버지이!"

준정은 아버지를 끌어안고 울부짖었다. 마당에서도 울음이 터져 나왔다. 문이 열리더니 남모가 들어섰다.

"준정 신녀! 폐하께서 의원을 보내셨습니다."

천하의 명의가 와도 이미 늦었다. 통곡하는 준정 옆에 남모는 가만히 꿇어앉았다. 비통함으로 흔들리는 준정의 가녀린 어깨를 남모는 가만히 토닥거릴 뿐이었다.

준정은 삼산공의 장례식을 간소하게 치렀다. 자추사에서 스님 몇이 와서 삼산공의 극락왕생을 빌어주었다. 낯선 비구니 스님도 있었다. 갓을 깊이 눌러써 그 얼굴은 알아볼 수 없었다. 비구니 스님이 준정에게 다가와 고개를 숙인 채 나직이 물었다.

"혹시 어머니에 대해 들은 것이 있으시오?"

여러 조문객들에게 예의를 갖추느라 경황이 없던 준정은 깜짝 놀랐다.

"아니요. 스님께서 어인 연유로 그걸 물으시는지요?"

"아, 아닙니다. 삼산공께서 혼자 계셨는지라……."

비구니 스님은 묘하게 말끝을 흐렸다.

"스님, 혹시 이차돈의 묘 앞에서 저를 보지 않으셨습니까? 남천에 뛰어드려는 제 발 앞에 활을 쏘신 스님이시지요?"

스님은 대답 없이 고개를 숙이고 물러났다. 준정은 그 스님을 붙들고 이야기를 나누고 싶었지만 조문객들을 맞아야 했다.

장례식이 끝난 후 얼마 동안 준정은 사가에 머물렀다. 사랑채에서 아버지와 어머니에 대해 생각했다. 어머니를 아느냐고 묻던 비구니 스님을 아무래도 만나야 할 것 같았다. 혹시 어머니를 알던 분일까? 어머니는 신라인이 아닌 다른 나라 사람일까? 화장을 하였다……. 그것은 불교를 믿는 나라에서 하는 장례 형식이었다. 준정은 문득 자신의 뿌리가 아득하게 느껴졌다.

　염주를 들고 눈을 감은 채 불경을 외웠다. 안개 속에 갇힌 듯하면서도 어디선가 한 줄기 빛이 느껴졌다. 준정은 한참 만에 눈을 떴다. 빛이 인도하는 곳으로 따라가 보는 것, 그것이 자신이 걸어야 할 생의 길인지도 몰랐다.

　달이 없는 밤이었다.

　"준정 신녀."

　남모의 목소리에 준정이 일어나 문을 열었다. 남모 옆에 왕이 서 있었다.

　"폐하!"

　나지막이 부르짖는데 저도 모르게 목이 메었다. 유모와 달래, 잠개가 그 말을 듣고는 놀라 땅에 엎드려 머리를 조아렸다.

　왕과 남모가 사랑채에 들었다. 유모가 떨리는 손으로 차를 내왔다.

　"왕궁의 신당에서도 삼산공의 극락왕생을 빌고 있네."

　왕의 목소리가 애틋했다. 남모가 잠시 머뭇거리더니 조심스럽게 말했다.

"지금 왕궁에서는 낭도를 조직화하고 있습니다. 대련을 통해 랑과 낭두들을 뽑고 있어요. 지소 공주님과 제가 랑을 맡았는데, 준정 신녀께서도 활솜씨가 뛰어나니 랑이 되어주셨으면 합니다."

준정은 깜짝 놀라 고개를 들었다.

"랑이라니요! 공주님들께서 맡으시는 랑을 어찌 제가! 낭도가 되기에도 미흡한 몸입니다. 낭도들의 원성을 살 것입니다."

준정은 머리를 조아리며 아버지가 남긴 말을 떠올렸다. 어머니 때문에 활을 잡지 못하게 했지만, 결국 이것이 운명이라고.

"내일 궁술 대련에 참가하면, 낭도가 되든 랑이 되든 판단이 설 것입니다."

"저는 불교에 귀의하기로 한 몸입니다. 감히 낭도들 앞에서 활을 쏘는 모습은 보일 수 있으나 그렇다고 랑이 될 수는 없습니다."

왕이 준정을 지그시 바라보며 천천히 말했다.

"이차돈은 이 땅을 불국토로 만들고자 순교하였네. 준정이 랑이 되어 낭도들을 이끌면서 부처님의 마음을 청년들에게 제대로 심을 수 있다면, 이 역시 이차돈의 뜻이며 백성과 나라를 위한 일이 아니겠나?"

준정이 저도 모르게 왕을 똑바로 쳐다보다가 황급히 눈길을 떨어뜨렸다.

"오늘 중으로 모든 대련을 끝낼 예정이었으나 준정 신녀를 참석하게 하고자 위화랑께서 궁술 대련을 내일로 미루었습니다. 꼭 참가하셔야 합니다."

남모가 간곡히 부탁하고 일어섰다. 왕과 남모를 배웅한 후 준정은 염주를 만지작거리며 생각에 잠겼다.

이윽고 잠개를 불러 그 손을 꼭 잡았다. 노비의 아들로 태어나 무시만 당하고 살다가 부처님의 말씀에 새로운 마음을 얻은 잠개였다.

"잠개야. 나는 내일 궁으로 들어갈 것이야. 집안일은 유모와 달래에게 부탁을 하겠지만, 이 집을 어찌하면 좋겠느냐? 내 생각해보니, 불교를 공부하는 향도들에게 내놓는 것이 좋겠다."

잠개의 눈이 동그래졌다. 그리고는 큰 눈에서 눈물이 돌았다.

"아가씨. 감사합니다요!"

"농사일도 네가 알아서 해주기 바란다. 유모와 달래도 잘 부탁한다."

준정은 하나씩 정리가 되는 것 같아 마음이 편안해졌다.

다음 날 일찍 말을 몰아 궁으로 갔다. 준정은 부처님께 절을 하고 낭도들의 수련장으로 향했다. 준정은 어머니를 생각하며 활을 쏘았다.

"역시 신궁이시오!"

지소 공주가 옆에 와 있었다. 준정은 궁터에서 남모와 함께 지소를 만난 적이 있었다. 준정의 활솜씨를 본 지소 공주는 준정에게 말을 선물했었다.

"이제 낭도들에게도 호국불교의 가치를 심어줘야 할 때입니다. 이 역시 이차돈의 숭고한 정신을 따르는 일 아니겠습니까?"

얼마 전 왕의 동생인 입종공과 혼인한 지소 공주는 당당한 품위가 있었다.

"어떤 낭도도 그대의 궁술을 넘어설 수 없을 것입니다. 랑이 되어 낭도들을 잘 이끌어주세요."

준정은 지소를 따라 수련장으로 향했다.

위화랑이 낭도들을 이끌고 수련장에 들어섰다. 준정은 위화랑을 보고 깜짝 놀랐다. 얼마 전 보았던 자색 관복을 입은 남자, 자신의 앞에서 활을 쏘던 그 사람이 바로 위화랑이었다.

궁술 대련이 시작되었다. 대련에서 이긴 낭도들이 다시 대련을 하고 실력이 뛰어난 몇 명의 낭도들이 선발되었다. 준정은 그들과 나란히 섰다. 준정은 낭도들 사이에서 신궁이라고 소문이 나 있었고, 단아한 외모에 스님이 되려는 여인이라 하니 낭도들이 경외감을 가지기에 충분했다.

멀리 있는 과녁을 맞히는 것부터 시작했다. 실력자들만 모인 자리라 거의 명중이었다.

말을 타고 달리며 활을 쏘는 대련이 시작되었다. 순서대로 활을 쏘고 지나가는데, 갑자기 준정이 과녁을 쏜 후 앞으로 달려 나가며 활을 쏘았다. 과녁이 서 있는 바로 아래에 화살이 가 꽂혔다. 노루였다. 과녁 뒤에 숨어 있던 노루를 보고 준정이 그

발 앞에다 활을 쏜 것이었다. 자칫 하면 낭도들의 화살에 노루의 목숨이 위태로울 수 있었다. 놀란 노루는 황급히 달아났다.

위화랑과 지소, 그리고 남모는 궁술 대련을 보고 흡족한 표정을 지었다. 랑과 낭두를 결정하는 동안 낭도들이 검무를 선보였다.

준정이 검무를 보고 있는데, 최종 대련 참가자들이 모여 웅성거리고 있었다. 활쏘기에서 실수를 한 낭도를 가운데 두고 작은 소란이 일었다.

"실력이 그 정도밖에 안 되는 평민 출신이 감히 낭두가 되고 싶어 하다니."

한 낭도가 다른 낭도들로부터 질타를 받고 있었다. 대련에서 실수한 낭도가 하필 평민 출신이었던 탓이었다. 그 낭도의 얼굴은 부끄러움으로 붉어져 있었다. 그럴수록 낭도들의 비웃음이 더 커졌다. 준정이 그들에게 다가가 조용히 말했다.

"평민도 똑같은 신라 사람입니다."

준정은 나이가 비슷한 또래의 낭도들 앞에서도 당당했다. 자신을 내세우려는 기색이 없으면서도 주눅 들지 않았다. 준정은 힘없이 서 있는 평민 낭도에게 한 발자국 다가갔다.

"평민이라 실수한 것이 아니라, 스스로의 마음이 흔들렸기 때문입니다. 자신의 마음을 가다듬지 못하면 화살은 흔들리고 과녁을 찾아가지 못합니다."

준정은 낭도의 손에 들려 있는 활을 다시 잡게 다독였다. 준정은 낭도에게 활과 화살을 조정하는 방법을 가르쳤다. 준정은 낭도에게 다시 활을 겨누게 했다.

준정의 가르침을 받은 낭도의 화살이 과녁에 명중했다. 여러 낭도들 사이에서 감탄이 흘러나왔다. 이번엔 준정이 활을 받아 들었다. 평민 낭도가 먼저 쏜 화살을 부러뜨리고 그 위에 꽂혔다. 바람도 멈춘 듯했다. 아무도 소리를 내지 못했다. 준정은 활을 그 낭도에게 다시 내밀었다.

"맞추겠다는 마음을 버리고 과녁을 마음속으로 끌어오세요. 내 마음이 화살과 함께 과녁을 향해야 합니다."

낭도가 다시 시위를 당겼다. 전보다 훨씬 자신감이 넘쳤다. 과녁의 한가운데를 명중했다. 낭도를 평민이라고 놀렸던 낭도들이 부끄러워하며 고개를 숙였다.

위화랑이 멀리서 그 모습을 지켜보며 고개를 끄덕였다. 준정은 활 실력뿐 아니라 품행에 있어서도 낭도들의 모범이 되고 있었다.

지소와 남모, 그리고 준정은 랑이 되고 실력이 뛰어난 낭도들은 낭두가 되었다. 왕이 친히 수련장에 들어 고생한 낭도들을 치하하고 잔치를 베풀라 하였다.

왕은 랑들과 함께 남당 뒤쪽에 있는 정자에 올랐다. 왕궁에서 가장 높은 정자라 월궁과 성 밖 귀족의 집들까지 시원하게 내려다보였다.

"신라의 앞날이 낭도들에게 달렸으니 랑들이 잘 이끌어주기 바라네."

왕의 말에 남모와 지소, 준정은 고개를 숙였다. 하늘에서 노을의 붉은 기운들이 내려와 궁궐의 푸른 기와에 어울리고 있었다. 잎 진 나무들은 붉은 햇살을 걸고 간혹 바람을 흔들고 있었다.

남모가 지는 해를 향해 두 손을 모았다. 남모의 어머니 보과 부인은 해가 지는 쪽이 백제라고 하며 그쪽을 향해 합장하는 것을 좋아했다. 남모는 지는 해를 바라볼 때마다 언젠가 어머니와 함께 백제에 갈 수 있기를 빌었다.

그 모습을 준정이 가만히 쳐다보았다. 동그란 남모의 얼굴에 붉은 빛이 테를 만들었다. 남모는 욕심 없는 낯빛을 하고 있었다. 불심이 깊은 남모는 왕궁에서 믿을 수 있는 사람 같았다. 이제 랑이 되었으니 무엇을 해야 하는가. 이차돈을 생각하며 준정은 천천히 합장했다.

지소는 준정을 머리부터 발끝까지 찬찬히 바라보았다. 빼어난 활솜씨에 미모까지 겸비했으니 가히 랑이 될 만했다. 어쩌면 왕족들이 그녀를 가만히 두려고 하지 않을 것이다. 그러나 준정은 그들에게 쉽게 휘둘릴 인물이 아닌 듯했다. 지소는 준정을 꼭 자기 사람으로 만들어야겠다고 생각했다.

왕은 지는 해를 바라볼 때마다 새롭게 시작될 내일을 생각했다.

'고구려와 백제보다 늦게 시작했으나 우리 신라가 가장 번창

하리라.'

　왕은 세 여인의 젊은 기운과 함께 붉은 해의 기운을 받으며 강성한 신라를 꿈꾸었다. 527년 법흥왕 14년, 저녁 까치가 힘차게 서쪽 하늘을 가르는 겨울이었다.

2

원화

가배

칠월 보름이 다가오자 서라벌이 술렁거렸다.

6부에서 길쌈을 잘하는 여인들이 월성으로 모여들었다. 칠월 보름부터 팔월 보름까지 한 달 동안 치러지는 길쌈대회는 신라의 가장 큰 잔치였다. 또한 마지막 날인 팔월 보름날에는 가배의 꽃이라 불리는 낭도들의 환도 행사가 있었다.

왕궁에서는 가배를 주재할 사람에 대해 의논하고 있었다. 길쌈대회의 양편을 거느릴 왕녀를 정하는 것은 공주들의 몫이었다.

삼엽 공주와 지소 공주가 작년 가배 때 양편을 이끌었던 이야기를 나누었다.

"올해에는 남모 공주를 동편에 내세우는 게 어떻습니까?"

"남모 공주요?"

삼엽 공주는 아들인 미진부와 남모 공주를 연결시키려고 애를 쓰고 있었다.

"만약 남모 공주가 진다면 회소곡을 부를 때 남모 공주의 검무를 선보이는 것도 좋겠습니다. 남모 공주의 검술과 검무는 따라갈 이가 없다 들었습니다."

길쌈대회에서 진 편에서는 회소곡*을 부르며 볼거리를 제공해야 했다. 길쌈대회 참가자들은 당연히 이기기를 바라지만, 질 경우를 대비해서 노래와 여러 가지 재주를 선보일 준비도 했다.

"서편에는, 준정이 어떻습니까?"

준정은 낭도들이 동경하는 랑이 되어가고 있었다. 낭도 수련의 총책임을 맡고 있는 위화랑도 준정의 활솜씨와 불도의 수양을 높이 평가했다. 삼엽 공주가 고개를 갸웃했다.

"그런데 나는 준정이 위화랑과 가까운 것이 어쩐지 마음에 걸립니다. 위화랑은 옥진의 아비이잖아요. 준정이 혹여 그들과 결탁하여 권세를 쥐려고 하지 않을까 염려스럽습니다."

삼엽은 왕이 태자가 되기 전 벽화 부인과의 사이에서 낳은 딸인데, 지소나 남모보다 열 살 이상 많은 중년 부인이었다.

옥진의 말이 나오자 지소는 쓴웃음을 지었다. 옥진은 폐하의 사랑을 받아 후비가 되더니 아들까지 낳았다. 벌써부터 그 아들을 태자로 삼아야 한다며 옥진의 편을 드는 신하들이 있었다.

"옥진의 아들 비대공이 태자라도 되어보십시오. 위화랑은 태

---

* 신라 시대, 팔월 보름의 가배 때 진 편의 여자가 춤추며 불렀던 노래

자의 외할아버지가 됩니다. 그러면……"

"태자라니요!"

지소가 발끈했다. 삼엽 공주는 움찔하며 입을 다물었다.

"폐하께서 귀족들에게 휘둘리는 왕권을 바로잡기 위해 얼마나 노력을 하시는데, 옥진의 아들을 태자로 삼으면 안 되지요. 옥진은 이미 결혼을 한 번 한 몸이고 왕족도 귀족도 아닙니다. 비대공이 태자가 되면 정통성이 무너집니다."

"옳으신 말씀입니다. 그런데 폐하께선 옥진에 푹 빠져 계신 듯하니."

그러면서 삼엽은 슬며시 소매 안에서 뭔가를 꺼냈다. 붉은 비단에 싸인 것이 또 귀한 약재가 아닌가 싶었다. 지소는 이미 임신에 좋다고 하는 약을 많이 먹어 온 터였다.

"공주께서 그토록 노력하시는데도 태기가 없는 것은 분명 입종공이 허약하신 탓인 듯합니다."

삼엽은 목소리를 더 낮추어 소곤거렸다.

"양나라 황실에서 쓰는 비약이라 합니다. 밤마다 물에 녹여 입종공께 드리세요."

"공이 입맛이 까다롭고 유달리 약 냄새도 맡기 싫어합니다. 약이라고 하면 싫어할 텐데요."

"색깔도 없고 냄새도 나지 않는다고 합니다. 약이란 소리 하지 마시고, 차에 몰래 타서 권하세요. 언제까지나 옥진과 비대공을 보고 한숨만 쉴 생각입니까?"

혼인을 한 지 오 년이 지났는데도 아직 아이가 없으니 주위에선 은근히 걱정을 하였다. 게다가 입종공은 병약한 편이라 쉽게 피로를 느끼고, 잠자리를 갖는 것도 즐기지 않았다. 그러나 지소는 그런 얘기를 아무에게도 하지 않았다. 병약한 왕족이라고 애초에 자신을 향한 기대를 꺾을까 봐 지소는 건강하고 당당한 듯 처신했다.

삼엽을 배웅하며 지소는 삼엽의 풍만한 엉덩이가 내심 부러웠다. 지소는 몸이 차고 엉덩이가 작아 아이를 낳기 어려운 상이라는 이야기를 들었다. 어머니인 보도 왕후의 몸을 닮아 남자의 사랑을 제대로 받지 못하는가 싶어 쓸쓸해지기도 했다.

드디어 가배 행사가 시작되었다.

왕이 직접 신당에서 하늘에 제사를 지내고 덕이 높은 스님들을 초대하여 불법을 강론하게 했다. 넓은 마당을 두 군데 마련하여 동편과 서편의 길쌈대회가 시작되었다.

동편의 우두머리는 남모였다. 남모는 자줏빛 비단 옷에 금관을 쓰고 옥구슬을 엮은 목걸이를 한 채 나타났다. 남모가 지나가면 길쌈하던 여인들이 눈길을 돌려 그녀의 자태에 감탄했다.

"공주님이라 그런지, 정말 곱고 환하시네."

남모는 인사를 하는 여인들에게 일일이 웃음으로 화답해주었다.

서편의 우두머리 준정은 붉은 웃옷을 곱게 입고 목에는 염주를 감고 머리에는 나비모양의 장식을 꽂았다. 준정이 먼저 길쌈하는 여인들에게 인사를 하자 여인들은 두 손을 모아 합장했다. 수수하면서도 우아한 자태엔 근접하지 못할 위엄이 있었다.

동편과 서편 모두 밤 깊은 시간까지 길쌈을 놓지 않았다. 남모와 준정이 여인들을 찾아 이제 그만하라고 해야 여인들은 길쌈을 내려놓았다. 하루 종일 길쌈을 해야 먹고사는 집안의 아낙들이 대부분이라 길쌈은 손에 익었고, 한 필이라도 베를 더 짜기 위해 쉴 틈 없이 일했다.

길쌈대회가 끝나기 전날이었다.

"남모 공주님, 이상합니다. 아직 하루가 남았는데 서편에서 베 짜기를 그만하는 눈치이옵니다. 삼베를 모아 차곡차곡 재고 있습니다."

서편의 상황을 보고 온 사모가 남모에게 아뢰었다. 그만하라는 신호를 줄 때까지 악착같이 베를 짜려고 할 텐데, 하루 전날 그만 둘 리가 없었다.

"다시 알아보고 오너라."

남모를 고개를 갸웃했다. 혹시나 실이 모자라 그렇다면 동편의 실을 나누어 주어서라도 하루 더 짜게 할 생각이었다. 서편의 상황을 보고 온 사모가 숨을 할딱이며 고했다.

"이상하옵니다. 분명 베를 다 거두어 세는 것을 봤는데 다시 베를 짜고 있더이다."

"그럼, 그렇지."

남모는 저녁에 준정에게 들러보아야겠다고 생각했지만, 마지막 날 밤 아낙네들의 회포를 풀어주느라 준정에게 가보지 못했다.

팔월 보름이 되었다. 동편과 서편에서 짠 베들이 수북이 쌓이고, 길쌈대회에 참여한 여인들이 한 자리에 모였다.

길쌈대회는 여인들의 잔치라 승부도 왕후가 참석하여 심판을 보고서 판가름냈다.

보도 왕후가 높다란 왕관을 쓰고 굵은 금동 허리띠를 두른 채, 허리에 긴 칼을 차고 나타났다. 왕관에 늘어진 드리개의 얇은 샛장식들이 햇빛을 받아 찬란하게 빛났다. 보도 왕후와 지소 공주가 막 자리에 앉는데, 사모들을 거느린 옥진이 마당에 들어섰다.

"왕후 마마. 저도 참석하라는 폐하의 명을 받았습니다."

보도 왕후는 담담히 고개를 끄덕였으나, 지소는 눈썹을 꿈틀거리며 일어나 할 수 없다는 듯이 옥진에게 자리를 양보하였다.

"한 달 동안 베를 짜느라 노고가 많았네. 양편 모두에게 후한 상을 내리도록 하겠네. 오늘은 마음껏 즐기게."

보도 왕후의 말에 양편에서는 환호성이 터져 나왔다. 양쪽에 쌓아 놓은 베를 세기 시작했다. 사모들이 세 번씩 세어본 후 왕후 앞에 와서 아뢰었다.

"동편의 삼베는 모두 218필입니다."

동편이 짠 삼베를 받아본 왕후는 손으로 삼베를 만져보고

촘촘한 베의 짜임을 살펴보고 흡족한 듯 고개를 끄덕였다.

"서편의 삼베는, 베는 모두 223필이온데……"

보고를 하는 사모가 머뭇거리는 말투였다.

"223필이라면 서편이 더 많은 것이 아니냐?"

두 명의 사모가 왕후 앞에 베를 올렸다. 왕후가 삼베를 만져 보더니 고개를 끄덕였다. 다른 사모가 올린 베를 살펴보던 왕후가 멈칫했다. 왕후의 표정을 보고 옆에 앉은 옥진이 그 베를 가져가 만져보았다.

"아니, 이 베는 부드러운 것이 보통 삼베가 아니옵니다."

옥진의 말에 보도 왕후가 서편을 향해 꾸짖듯 말했다.

"길쌈대회는 분명 삼베를 짜는 것인데, 서편은 어찌 삼베에 비단실을 섞었느냐?"

비단이란 말에 동편의 여자들이 잠시 술렁거렸다. 준정이 왕후 앞으로 나아가 꿇어앉아 말했다.

"왕후 마마, 어젯밤부터 하루만 비단실을 삼베에 섞어 짜보 았습니다."

남모는 어제 사모가 했던 말을 떠올렸다. 서편에서 베를 다 모으고 마칠 듯하다가 다시 베를 짠다고 했던 말이 무슨 뜻이 었는지 알 듯했다.

"이 가배에서 짠 베는 신라의 군사들에게 입히는 옷이 되는 걸 알고 하는 소리냐?"

"예, 왕후 마마. 군사들이 입는다고 했기에, 감히 비단실을 섞어 베를 짤 생각을 했습니다. 서편의 아낙네들 중 아들을 군에 둔 어미들이 많은데, 군사들의 옷이 거칠고 춥다고 들었다 하였습니다. 비단을 섞으면 부드럽고 따뜻할 것이라는 의견들이 있어 하루만 비단을 넣어서 짜보았습니다. 혹여나 비단을 넣은 것이 대회의 취지에 맞지 않을까 봐 어제까지는 삼으로만 베를 짰습니다.”

준정이 고개를 숙이고 겸손하지만 또렷한 음성으로 대답했다. 옥진이 웃으며 손뼉을 쳤다.

“군사들에게 더 좋은 옷을 입히고 싶은 어미의 마음이라니. 비단을 섞어 만든 마음이 가상하지 않습니까? 비단을 섞어서 짠 베도 당연히 포함을 시켜서, 서편이 이긴 것이 되지 않을까 싶습니다.”

지소가 못마땅한 얼굴로 옥진을 쳐다보았다. 승패의 판결은 왕후 마마가 내리는 것인데 감히 언급을 하느냐는 눈빛이었다.

“비단은 아무나 못 입는 옷이라는 걸 알고 있는가? 골품제의 등급에 따라 비단을 취하는 것을 규제하고 있고, 비단 이불은 6 두품도 덮지 못하게 하거늘! 그런데도 군사들의 옷에 비단실을 섞을 생각을 했단 말인가?”

추상같은 왕후의 말에 마당의 분위기가 숙연해졌다. 아무도 감히 왕후를 쳐다볼 엄두를 내지 못하고 고개를 숙였다. 바로 옆자리에 앉은 옥진만이 왕후를 이해 못하겠다는 눈빛으로 바라보았다.

남모가 조심스럽게 나와 꿇어앉은 준정 옆에 섰다.

"왕후 마마. 삼베를 짜는 것이 원칙이긴 하오나 삼 이외의 다른 재료를 넣으면 안 된다는 법도도 없었습니다. 게다가 서편에서 어제까지 삼베로만 베를 짠 것은, 이 가배의 뜻을 따르는 것이었고, 하루만은 좀 더 나은 베를 만들어 군사들에게 입히고 싶은 어미의 마음으로 감히 도전을 해본 것이 아니겠습니까? 그 정신이 가상하니 비단실을 섞은 베도 인정을 해주십시오. 가배 행사의 수장 자격으로 감히 아뢰옵니다."

그러자 꿇어앉은 준정이 다시 머리를 조아리며 말했다.

"왕후 마마. 용서하신다면, 비단실을 섞은 베는 빼고 삼베로만 대회에 임하겠습니다. 이 대회는 서편이 깨끗하게 졌습니다. 다만……."

준정을 냉정한 눈빛으로 바라보던 왕후가 물었다.

"다만, 무엇이냐?"

"다만, 비단 섞은 베를 버리지 마옵시고 군사들에게 옷을 해 입혀보았으면 하는 서편 아낙들의 마음입니다."

왕후가 서편에 서 있는 아낙들을 바라보았다. 잠시 생각에 잠긴듯하더니 왕후가 엷은 미소를 지으며 근엄한 목소리로 돌아왔다.

"동편과 서편의 수장들은 자기 자리로 돌아가라. 판결을 내리겠노라."

준정이 제자리로 돌아오자 서편의 여자들이 가슴을 쓸어내렸다.

"올해 길쌈대회에서는 삼베를 더 많이 짠 동편이 이겼노라."

동편의 아낙들이 만세를 부르고 서편의 아낙들은 박수를 쳐 주었다.

"그리고, 원칙을 어기고 비단을 섞어서 베를 짠 서편에겐 벌을 내리겠노라."

환호성을 지르던 마당이 갑자기 조용해졌다.

"하루 짠 베로 군사들에게 비단 섞인 옷을 다 해 입힐 수 있겠느냐? 오늘 하루 더 삼베에 비단실을 섞어서 짜도록 하라. 삼이든 비단실이든 실이 모자라면 왕궁에서 대줄 것이야. 원래는 진 편에서 음식을 대접해야 하는 법이지만 오늘 진 편에서는 열심히 베를 짜야 하니, 음식을 제공하고 가무를 선보이는 것은 동편이 하도록 하라."

잠시 술렁이다가 동편과 서편의 여자들이 모두 환호성을 질렀다.

"왕후 마마, 감사하옵니다, 감사하옵니다!"

서편의 아낙들이 퇴장하는 왕후 앞에 꿇어앉아 머리를 조아렸다. 왕후는 그들을 내려다보며 인자한 미소를 보였으나 마당을 빠져나온 후엔 얼굴에서 미소가 사라졌다. 옆에 선 지소에게 차갑게 말했다.

"아낙들이 원하여 원칙을 어기면서까지 비단실을 섞었다니! 서편이 패하더라도 군사들에게 비단 섞인 옷을 입혀달라니!"

지소가 왕후를 진정시켰다.

"준정이 허튼 생각이나 사심이 있어 그런 것은 아니니 크게 염려치 마십시오."

"옥진이처럼 색기나 교태로 폐하를 사로잡는 부류보다 저런 아이 다스리기가 더 어려운 법이다. 앞으로 준정을 잘 살펴야 할 것이야."

왕후는 싸늘하게 돌아섰다.

궁에서 음악소리가 높아질 때, 월궁 밖에서는 환도 행사가 시작되었다. 해가 기울어 노을이 짙어질 무렵, 위화랑이 거느린 낭도들이 큰길가로 나섰다. 위화랑과 낭두들은 붉은색의 저고리를 입고, 낭도들은 옥색과 푸른빛이 어우러진 옷을 차려입었다. 머리에는 깃을 꽂고 등에 활을 매고 허리에 검을 찼다.

낭도들이 귀족들의 동네로 들어서면 길 양쪽에는 비단을 바친 집안의 여인들이 서 있었다. 낭도들이 마음에 드는 여인에게 꽃을 주면, 꽃을 받은 여인은 낭도를 자기 집으로 맞이하여 대접할 수 있었다. 이것이 가배의 마지막 밤 축제이자 절정인 환도 행사였다. 잘생긴 귀족청년 낭도를 대접하는 집안에는 딸이 있기 마련이었다. 자기 집안에 모신 낭도에게 딸을 선보이고 서로 마음에 들면 혼인시키기도 했다.

위화랑은 옆에 선 미진부가 은근히 신경 쓰였다. 미진부는 거리에 나서자마자 길에 선 여인들을 둘러보며 누군가를 찾는 눈치였다. 낭도들 중에서도 특히 준수하고 기품 있는 얼굴을 한 미진부를 많은 여인들이 자기 집으로 모시고 싶어 했지만, 미진부는 손에 든 꽃을 아무에게도 건네지 않았다.

어느 집 앞에 이르자 미진부는 그 집 주변에서 발길을 머뭇거렸다. 집의 형세로 보니 6두품의 집이었다. 환도 행사에 참여하지 않은 듯 그 집의 대문 앞에는 아무도 없었다.

길이 어둠에 덮일 무렵, 미진부가 다시 그 집 앞을 서성이자 누군가가 대문을 열고 나왔다.

"아이고머니나!"

여자 종이 깜짝 놀라 멈추어 섰다.

"이 댁에서는 오늘 환도 행사에 참여를 안 하는 것인가?"

미진부가 뒷짐을 지고 물었다. 여자가 허리를 숙인 채 미진부의 얼굴을 힐끔 훔쳐보며 말했다.

"이, 이 댁에는 아, 아가씨가 안 계시옵니다."

"이 댁이 작고하신 삼산공의 댁 아닌가?"

"맞사옵니다."

"그런데 준정 랑은 안 계신가?"

여자가 다시 놀라 미진부를 쳐다보았다.

"아, 아가씨는 오늘 하루 더 길쌈대회에 참여하신다 하셨습니다."

"뭣이?"

미진부는 뭔가 잘못되었다는 표정으로 돌아섰다. 위화랑은 멀찍이서 그 모습을 지켜보았다. 왕궁을 향해 뛰어가는 미진부의 어깨를 달빛이 급하게 따라가느라 출렁거리고 있었다.

위화랑은 그 뒷모습을 보며 한숨을 내쉬었다. 삼엽 공주가 미진부의 짝으로 남모를 마음에 두고 있는 줄 위화랑도 알고 있었다. 그런데 정작 미진부는 준정의 사가 앞에서 머뭇거린 것이었다. 위화랑은 쓴웃음을 지으며 하늘을 올려다보았다. 보름달이 연정에 들뜬 사내의 가슴을 부풀게 하고 탐스럽게 익어가고 있었다.

백제의 사신

"백제에서 사신이 온다는구나. 성왕이 재위한 후 처음이지."

보과 부인은 설레는 표정으로 말했다. 기대되는 마음은 남모도 마찬가지였다.

백제의 왕은 재위한 지 채 10년이 되지 않았으나 백성들 사이에서 성왕으로 불리며 덕망이 높았다. 백제에서 오는 사신 중에는 보과 부인의 친척인 왕족이 있다고 했다.

사신이 오는 날, 월성의 남문으로 향하는 길가에는 아침부터 군사들이 나와 바쁘게 움직였다. 왕궁에서는 백제와 가야에 사신으로 다녀온 경험이 있는 이찬이 사신을 맞을 준비를 하고 있었다. 이찬이 남당 안에 임시로 만든 사신관에서 사신을 맞은 후에 왕에게 안내하기로 했다. 그 후에는 비공식적으로 보과 부인을 만날 계획이었다.

귀족들이 나가 백제의 사신을 맞았다. 남모는, 콧수염을 기른 중년의 사신 뒤에 따라오는 젊은 귀공자에게 눈이 갔다. 키가 훤칠한 청년은 검은 비단 관을 썼는데 금꽃이 관의 앞을 장식하고 있었다. 귀에는 자작나무 잎 모양의 귀걸이를 하고 손에는 은팔찌를 차고 있었다. 외모와 치장으로 보아 보과 부인의 사촌인 왕족임에 틀림없어 보였다.

사신들이 왕을 만난 후 연회에 참석하고 있을 때, 아시공이 보과 부인의 처소를 찾았다. 남모도 보과 부인의 방에서 백제의 사신을 기다리고 있었다.

"폐하께서 은밀히 당부의 말씀을 전하셨습니다."

삼엽 공주의 남편인 아시공은 왕의 신임을 받고 있는 측근이었다.

"백제는 이번에 국경 지역의 고구려 땅을 공격하기 위해 구원병을 요청했습니다. 허나 폐하께서는 원병을 보내지 않으실 생각입니다. 그런데 구원병의 요청에 응하지 않으면 백제는 왜와 손을 잡겠다고 합니다. 백제와 왜가 결탁해서 무엇을 도모할지 그것이 걱정입니다."

보과 부인은 짐작하고 있었다는 말투면서도 긴장하는 빛이 떠올랐다.

"음…… 그러니 나에게, 백제의 속뜻이 무엇인지 알아내고 우리의 상황을 잘 이해시켜 달라는 말씀인가요?"

아시공이 고개를 숙였다.

"알겠어요. 신라에 도움이 되는 일이라면 해야지요."

아시공이 물러갔다가 곧 사신과 함께 다시 들었다. 두 명의 사신은 술기운이 있어 다음 날 인사를 드리겠노라 하였고, 무령왕의 자손이라는 왕족이 인사를 올렸다.

"선대왕 무령왕의 아들이자 동성왕의 조카인 사아라 하옵니다. 동성왕의 따님이시자 신라국의 왕비님께 인사 올립니다."

작은 얼굴에 눈코입이 크고 뚜렷했으며 목소리는 낮고도 굵직했다. 그가 고개를 들어 보과 부인과 눈을 맞춘 후 옅은 웃음을 보였다. 그리고는 남모를 보며 놀란 듯이 입이 살짝 벌어졌다. 두 손을 공손히 모으고 고개를 숙이는 그에게 보과 부인이 말했다.

"내 딸 남모이네."

남모도 허리를 깊이 숙이며 인사했다.

"사아, 사아라고 하였소? 이리 가까이 와보세요. 친정 백제사람, 손이나 한번 잡아봅시다."

보과 부인의 목소리에 흥분이 가득했다. 사아가 다가와 손을 내밀자 보과 부인은 두 손으로 사아의 손을 꼭 잡았다.

"내 아버지 동성왕께서 그리 비명에 가신 후, 숙부이신 무령왕께서 반란군을 진압하여 원수를 갚아주셨지. 신라로 도망 온 나에게 숙부께선 사람을 보내, 돌아오고 싶으면 돌아오라고 길을 열어주신다고 하셨어요. 하지만 그때 나는 이 아이를 가져, 돌아갈 수가 없었지요. 이곳에 살면서 어려움이 닥칠 때면 그때 숙부께서 내게 내밀어주셨던 손길을 생각한답니다."

보과 부인의 눈시울이 붉어졌다.

"왕께서 붕어하셨다는 말을 듣고 장례식에라도 참석하고 싶었지만, 그러지 못했어요."

다과상이 들어왔다. 수수팥 경단과 절편을 얇게 썰어 놓고 차를 함께 올렸다. 남모가 찻물을 조심스럽게 따르며 말했다.

"백제의 찻잔입니다. 어머니께선 차를 마실 때 늘 이 잔을 쓰세요."

사아는 찻잔을 내려놓으며 남모를 힐끗 보고 수줍게 말했다.

"송구하오나, 남모 공주님은 백제의 우아한 멋과 신라의 화려한 미를 두루 간직하고 계시군요. 뵙고 깜짝 놀랐습니다."

보과 부인이 살며시 웃었다.

"하하, 그런 말씀을 할 줄 아세요?"

남모는 얼굴을 붉혔다. 찻잔 위에 올린 분홍빛 꽃잎이 남모의 가슴처럼 가볍게 흔들렸다.

보과 부인이 성왕의 안부를 묻자 사아는 왕에 대한 존경을 담아 대답했다. 사아의 어머니는 가야국에서 온 여인으로 어린 나이에 무령왕의 후비가 되었다가 일찍 돌아가셨다고 했다. 그리고 사신단이 온 이유도 설명했다. 백제를 침범하는 고구려의 국경을 치기 위해 원군을 요청하러 왔다는 것이었다.

"아시겠지만 지금 왜의 왕은 우리 백제의 도움을 많이 받았습니다. 저도 한때 왜에 가서 지금의 왜왕을 도왔지요. 만약 신라에서 원군을 보내주지 않으면 백제는 더 이상 고구려의 침입을 막기 어려울 것입니다. 폐하께 아뢰지는 않았지만 백제에서는…… 왜와 손을 잡고 가야국을 칠 수도 있습니다."

"가야를? 금관가야는 곧 신라에 합병하게 될 텐데요."

"신라의 힘을 빌려 고구려를 막지 못하면 가야를 끌어들여야겠다고 생각하신 듯합니다."

남모는 이야기를 듣기만 했다. 가야를 치겠다는 말은 듣기에 따라 협박일 수 있었다. 보과 부인에게 그 말을 하는 사아의 진심이 궁금했다. 폐하에게 백제의 속내가 전달되기를 바라고 일부러 하는 말일 것이다.

남모는 사아를 배웅하며 월하정 앞까지 왔다. 자작나무 잎이 노랗게 물들어 연못 위로 떨어졌다. 사아의 귀걸이를 바람이 가볍게 흔들었다. 단풍잎과 마른 풀냄새가 잘 섞여 은은한 가을 향이 느껴졌다. 사아의 푸른 옷이 펄럭이며 그 향기를 들추어 주위에 풀고 있었다.

"연못에 달빛이 내리면 정인이 절로 그립겠군요. 오늘이 보름은 아니지만 늦게 뜨는 달이라도 허락하신다면, 공주님께서 월하정의 달빛을 구경시켜주시지 않겠습니까?"

사아가 남모의 두 눈을 깊이 들여다보았다. 걸음을 멈춘 햇살이 남모의 눈 속에 가득 들어왔다.

오동나무 잎사귀 사이를 비집고 달빛이 창으로 내려왔다. 남모는 머리를 다시 빗고 옷매무새를 가다듬었다. 사아가 월하정에 나왔다고 사모가 일러주었다.

내리는 달빛 사이로 바람을 가르며 날아오는 소리가 있었다. 남모는 걸음을 멈추었다. 달빛을 끌어당겨 선율을 다듬은 듯 우아하고도 애처로운 음색의 피리 소리였다.

하얀 저고리를 입은 사내가 월하정 난간에 비스듬히 앉아 피리를 불고 있었다. 바람을 실은 듯 물을 품은 듯, 그 소리는 달빛을 흔들며 오르내렸다. 가슴을 녹이던 소리가 한순간 달아오른 연정마냥 뜨거워졌다. 남모가 다가가자 사아가 피리를 내려놓고 일어나 고개를 숙였다. 푸른 옷에 금관을 썼던 낮의 모습보다 달빛을 품은 흰옷이 그에게 더 어울렸다.

사아가 빙긋 웃으며 손에 든 것을 내보였다.

"적(笛)*입니다. 서툰 솜씨지만 달빛이 고와 불어 봤습니다."

"재주가 훌륭하십니다."

"어릴 적부터 이 종적을 배웠어요. 왜에 갔을 때, 백제에서 함께 간 악사가 가르쳐주었지요."

사아는 백제에서 왜로 건너간 악사들의 이야기를 흥미롭게 해주었다.

"제게 적을 가르쳐주신 분은 백제 최고의 악사이셨어요. 적을 불면 외로움도 슬픔도 다스릴 수 있다는 걸 알게 되었지요."

외로움도 슬픔도 모두 비울 수 있다는 사아의 목소리엔 회한이 묻어 있었다. 그는 물끄러미 남모의 얼굴을 바라보았다.

---

* 백제의 악기로, 피리의 종류이다. 앞으로 부는 것을 종적, 옆으로 부는 것을 횡적이라 하였다.

사아의 눈길이 자신의 얼굴을 하나하나 살피는 듯하여 남모는 살며시 고개를 돌려 연못의 달빛을 곱게 다듬었다.

"남모 공주님은 어떤 분일까 궁금했었어요. 저는 여기저기를 다니며 많은 문물을 보고 배웠지만, 어쩐지 외롭게 세상을 떠도는 운명을 가진 사람이라는 생각이 들 때가 많았지요."

남모는 다시 사아를 보았다. 그는 무언가가 그리운 듯 아련한 눈빛으로 웃고 있었다.

"그런데 남모 공주님은 저와 달리 백제와 신라의 멋을 모두 품은 분이군요. 제가 그리워하며 찾던 사람을 여기서 만난 듯합니다."

자신의 존재가 떠도는 것이라는 사아의 말에 문득 그가 가깝게 느껴졌다. 그것은 남모의 가슴 밑바닥에 자리잡은 의식과 닿아 있었다.

'아니에요, 저 역시 떠도는 기운을 운명처럼 품고 살았답니다.'

"제 어머니는 가야에서 와 저를 낳은 후 돌아가셨습니다. 제가 어려서 일본으로 간 건, 어쩌면 제 뿌리가 온전히 백제의 것이 아니기 때문이었을지도 모릅니다."

온전히 백제인인 아닌 사아. 온전히 신라인이 아닌 남모. 사아는 자신보다 더 깊은 회한을 간직한 사람 같았다.

"백제의 웅진성에도 아름다운 연못이 있다고 들었어요. 연못에 달빛이 내리면 그리 고울 수가 없다고, 어머니께서 말씀하셨어요."

사아의 눈이 깊고 아늑한 물을 닮았다는 생각이 들었다.

"언젠가 제가 공주님을 백제로 모시겠습니다."

바람이 불자 사아의 몸에서 푸른 기운이 그녀를 덮칠 듯 강렬하게 일어났다.

다음 날 아시공은 두 사신과 함께 성골 왕족 집으로 향했다. 선대왕 시절에 백제에 다녀온 적이 있는 왕족이 사신을 초대하였다는 명목하에, 성골 집안의 화려한 위상을 보여주려는 계산이었다.

"집안의 기와장식이 세련되고 금박치장이 화려하군요. 저는 잘 차려진 귀족의 집보다는 저잣거리를 보고 싶습니다."

사아의 부탁으로 남모는 저잣거리로 말을 돌렸다. 낭도 복장을 한 남모가 골목에 들어서자 사람들이 경애하는 눈으로 쳐다보았다. 백마를 타고 흰옷을 입은 사아를 보고는 지체 높은 귀족인 줄 알고 허리를 굽히며 옆으로 비켜서 길을 내주었다. 앳된 처자들은 홍조를 띠고 사아를 물끄러미 올려다보았다. 사아는 모든 여인들의 마음을 설레게 하는 매력을 품고 있었다.

"여인들의 치장이 화려하군요. 금관을 쓴 여인들은 왕족인가요?"

"아닙니다. 귀족 부인들도 금관으로 장식을 한답니다."

"신라는 금의 나라라고 하더니 과연 그렇군요."

사아는 대장간을 둘러보고 악기를 파는 가게도 관심을 보이며 들어가보았다. 남모는 문득 어젯밤 사아가 불던 적 소리가 떠올랐다. 그 소리를 생각하면 가슴이 따뜻하게 젖어왔다.

　저잣거리를 빠져나와 인적이 뜸한 길로 들어섰다. 남모는 남천이 내려다보이는 정자 쪽으로 말을 돌렸다. 오르막길을 조금 오르자 만산홍엽이 비친 남천을 그대로 내달렸다. 남천의 물결을 타고 온 바람이 남모의 가슴에 매달렸다. 사아가 두 팔을 활짝 벌리고 바람을 맞았다. 푸른 바람이 사아의 하얀 옷자락을 쉴 새 없이 흔들었다.

　사아는 백제와 가야, 그리고 왜에 대한 이야기를 많이 했다. 문득 그를 따라 낯선 나라들을 여행해보고 싶다는 생각이 들었다. 아무것도 거리낄 것이 없는 곳에서 그와 함께하면, 신라인도 백제인도 아닌 온전한 자신의 모습을 찾을 수 있을 것 같았다. 사아가 떠날 시간이 오고 있었다.

　월하정 하늘에 달빛이 흐릿했다. 어둑어둑한 연못가에 물안개가 자리를 내주지 않았다. 남모를 바라보는 사아의 눈빛이 어둠을 밀어내고 있었다. 내일이면 사신단이 백제로 돌아간다.

　"남모 공주님. 다시 뵈올 날이 있겠지요?"

　사아의 목소리에 이미 오래된 그리움이 자라고 있었다.

　"이곳의 시간이 많이 그리울 것 같습니다."

　사아의 적 소리, 함께 나누었던 많은 이야기들…… 갑자기 오래된 이야기가 되어 지나가고 있었다.

사아가 가만히 남모의 어깨에 손을 올렸다. 사아의 손길이 떨리는 것인지 남모의 어깨가 흔들리는 것인지 알 수 없었다. 가슴이 뜨거워지는 것을 두 사람은 피할 수 없었다. 어쩌면 이것도 운명인지 모른다는 생각이 드는 순간, 사아가 남모의 어깨를 끌어당겼다. 남모의 얼굴이 멈칫거리는 시늉도 하지 못하고 사아의 가슴팍으로 파고들었다. 그의 심장이 무섭도록 뛰고 있었다. 그 소리가 처음엔 두렵게 들렸으나 점점 남모의 가슴을 편안하게 달구었다. 온몸의 힘이 가슴으로 다 몰려 쿵쾅거리며 요동칠 뿐이었다.

"기다리겠습니다, 다시 뵈올 날을."

둘의 입술이 하나가 되었다. 바람을 밀어내며 오랫동안 그렇게 서 있었다.

사아가 팔을 내리더니 자신의 팔목에 둘렀던 팔찌를 풀어 남모의 팔목에 걸어주었다. 용의 머리가 새겨진 은팔찌였다.

"이 팔찌를 간직하십시오."

남모는 자신의 팔목에 큰 은팔찌를 가만히 만져보았다. 은으로 만든 팔찌가 마치 살아 있는 듯 숨소리를 내었다. 뭔가 답례를 하고 싶어 남모는 자신의 손목에 두른 금팔찌를 풀었다. 사아의 손에 건네주자 사아가 팔찌와 함께 남모의 손을 꼭 잡았다. 사아의 손바닥은 생각보다 거칠고 굳은살이 박힌 무사의 손이었다.

"다시 만날 날만 기다리겠습니다."

월하정의 물안개가 두 사람을 감고 뜨겁게 풀어지고 있었다.

다음 날, 백제의 사신단은 돌아갔다. 정자에 올라 사아 일행을 바라보던 남모는 말을 타고 월성 밖으로 나갔다. 귀족들의 동네를 빠져나오자 추수가 끝난 들판에 늦은 가을 바람이 차갑게 불었다.

"공주님, 혼자 나오시면 위험합니다."

남모의 호위를 맡은 유수가 말을 타고 뒤쫓아 왔다.

금오산 쪽으로 말을 몰았다. 가을은 풀벌레 소리로 더 애잔하게 깊어갔다. 산의 중턱에 오르자 사신단이 강을 건너 서쪽 좁은 길로 접어드는 것이 보였다. 말을 타고 앞서 가던 사아의 모습은 보이지 않았다. 사아가 준 은팔찌를 만지작거렸다. 메마른 들꽃 냄새가 남모의 가슴을 저미었다.

월성으로 들어와 남모는 문득 유수에게 말했다.

"검술 시합을 해보겠는가?"

자신의 가슴에서 자라는 불씨를 잘라버리고 싶었다.

"예! 영광입니다."

유수는 사찬의 아들로 다른 낭도들에 비해서는 골품이 낮았으나 무술이 뛰어나고 성품이 어질어 낭도들 사이에서 신망이 두터웠다. 지난 가배 때도 유수와 함께 검술 시범을 보인 적이 있었다.

남모는 어려서부터 검술을 배웠다. 어머니인 보과 부인이 왕에게 부탁하여 특별한 검술 스승에게 검술을 배우게 했다. 지금 생각해보니, 마음이 불안했던 보과 부인이 남모에게 스스로 자신의 몸을 보호하는 법을 가르쳐주려고 한 것이었다.

목검으로 유수와 마주 섰다. 남모는 처음부터 유수의 옆구리를 깊이 파고들었다. 남모는 유수의 검이 움직이는 선을 짐작했다. 검이 바람을 가르고 옷 사이를 스쳤다. 가슴을 겨누어 정확하게 들어갔지만 유수의 몸이 더 빨리 움직였다. 유수는 공격보다 방어를 하고 있었다.

내가 성급한 마음을 들킨 것일까.

남모가 멈칫하는 사이 유수의 검이 옆구리를 스쳤다. 그때, 등 뒤에서 카랑카랑한 목소리가 날아왔다.

"목검으로는 만족하지 못하실 듯합니다."

미진부였다. 남모가 미진부를 쳐다보자 유수는 목검을 내리고 뒤로 한걸음 물러났다. 미진부는 손잡이에 금장식이 되어 있는 검을 들고 있었다.

"진검으로 제가 감히 공주님과 겨루기를 청해도 되겠습니까?"

미진부는 호기롭게 웃고 있었다. 처음 미진부의 어머니인 삼엽 공주가 혼인 이야기를 꺼낼 때만 해도 미진부는 어린아이 같았다. 하지만 지금 미진부는 무술실력이 뛰어나고 외모도 출중하여 많은 귀족들이 탐내는 최고의 낭두였다. 미진부 역시 혼인에는 생각이 없더라고 하던 어머니의 말씀이 떠올랐다.

"제게 검술을 겨뤄보자고 먼저 청하기는 미진부 낭두가 처음입니다."

"무례하다고 생각지 마시기 바랍니다. 목검을 휘두르시는 공주님의 손길을 보니, 진검으로 한 수 배우고 싶었습니다."

내 마음을 읽었다고 말하려는 것인가. 문득 사아가 떠올라 남모는 눈을 감았다가 떴다.

"나는 진검으로 대결하고 싶은 마음이 없어요."

미진부가 보일 듯 말 듯한 웃음을 띠고 공손히 말했다.

"감히 무례하게 청하였사오나, 공주님께서 제게 한 수 가르쳐주신다면 영광이겠습니다."

보란 듯이 검으로 미진부를 눌러버리고 싶은 생각도 들었다. 가능한 한 마음을 읽은 상대와 맞붙는 것은 피해야 한다. 유수가 미진부에게 다가와 나지막이 말했다.

"공주님께서 월성 밖에 다녀오셔서 피로하실 듯합니다."

미진부가 뭐라고 말을 하려다가 멈칫했다. 저만치 준정이 서 있었다. 미진부는 준정을 향해 고개를 숙였고, 준정은 세 사람을 향해 합장을 했다. 승복을 입은 준정은 자추사의 저녁공양을 준비하는 모양이었다.

남모는 유수에게 목검을 건네주고 준정에게 다가갔다. 저녁 햇살이 준정의 얼굴을 따스하게 물들였다.

"훌륭한 솜씨 잘 봤습니다. 그런데 공주님답지 않게 검의 끝이 딴 곳을 향하는 듯했어요. 무슨 일이 있으십니까?"

남모는 눈길을 떨어뜨리며 자조의 웃음을 지었다.

"들켰군요."

"저한테 들키신 것은 괜찮습니다. 다만 좀 쉬셔야 할 듯 보이십니다."

남모를 걱정하는 말투가 진심으로 느껴졌다. 준정을 붙들고 싶었지만 공양 시간을 방해할 순 없었다.

잠자리에 들기 전, 남모는 주렴을 걷으려다 깜짝 놀랐다. 손목이 허전하다 싶었더니 사아가 준 은팔찌가 없었다. 남산에 오르내릴 때는 분명 있었다. 검술! 검술을 하면서 떨어뜨린 것 같았다. 사모에게 등을 들고 따르게 해서 검술 대련장을 몇 바퀴 돌았지만 찾을 수 없었다.

'은팔찌를 잃어버리다니!'

다른 사람이 주워 가기라도 했다면 큰일이었다. 몸을 비틀며 입을 크게 벌린 용이 새겨진 은팔찌. 신라에서는 보기 힘든 것이었다. 침대에 들지도 못하고 방을 서성거렸다.

"공주님, 화로를 들이겠습니다."

"아니다. 그냥 두어라."

밤공기가 서늘했지만 남모의 마음은 타들어 가고 있었다. 사모가 문 앞에 다가와 조심스럽게 말했다.

"저, 공주님. 준정 랑이 뵙기를 청합니다."

준정이 야심한 시간에 찾아오다니 신당이나 자추사에 무슨 일이 생겼는가 싶었다. 준정이 주렴을 걷고 들어섰다.

"늦은 시간에 죄송합니다. 아직 침상에 들지 않으셨다 하기에."

"괜찮습니다. 무슨 일인가요?"

남모의 양미간이 걱정으로 흐려졌다. 준정은 목소리를 낮춰 차분하게 말했다.

"문밖에 있는 사모들을 잠시 물려주십시오."

남모가 사모들을 물리고 나자 준정이 고개를 들어 남모를 보았다. 준정은 표정의 동요 없이 옷소매에서 무언가를 꺼냈다.

혹시……. 남모는 가슴이 무섭게 뛰기 시작했다. 준정이 한쪽 소매에 손을 넣어 조심스럽게 꺼낸 것은 은팔찌였다. 혹시나 했던 남모는 짧은 탄식을 내뱉었다.

"공양을 드린 후 검술장을 지나다 발견했습니다. 처음 보는 문양의 은팔찌인데……."

남모는 팔찌에 관심을 보이는 준정의 말에 당황하여 급히 대답했다.

"제 것입니다. 이번에 온 백제의 사신에게서 선물로 받은 팔찌예요. 오늘 잃어버리고 걱정했는데 이렇게 찾아주셔서 다행이네요."

그러자 이번에는 준정이 크게 놀랐다. 눈을 동그랗게 뜨고 남모와 은팔찌를 번갈아 봤다.

"백제의 왕족들이 하는 팔찌라고 합니다. 사내의 것이라 제 팔목에 맞지 않아 흘리고 말았습니다."

"저는, 공주님의 것인 줄 몰랐습니다."

준정의 목소리가 흔들렸다. 누구의 것인지 모르지만, 남모에게 주인을 찾아달라고 가져왔다는 말 같았다. 여간해선 속마음을 드러내지 않는 준정이었다.

"주인에게 돌려드려서 다행입니다. 그만 가보겠습니다."

등을 돌리고 주렴을 걷던 준정의 손길이 멈칫했다. 잠시 그대로 섰더니 천천히 몸을 돌렸다.

"아무래도 공주님께선 아직 못 보신 듯하군요."

남모는 비로소 준정이 놀란 다른 이유가 있다는 것을 알았다. 준정이 은팔찌를 보며 말했다.

"팔찌의 용머리 부분을 돌리면 팔찌가 반으로 나누어집니다. 그리고 안에 조그만 서찰이 들어 있었습니다. 용서하십시오. 저는 이 팔찌의 서찰은 못 본 것으로 하겠습니다."

준정은 고개를 숙이고 방을 나갔다.

남모는 가슴을 감싸 쥐고 의자에 주저앉았다. 떨리는 손으로 은팔찌를 들어 용의 머리를 돌려보았다. 처음에는 잘 열리지 않았으나 곧 호리병의 마개처럼 돌아갔다. 그리고 팔찌가 나누어졌는데 팔찌 속은 비어 있었다. 그 속에서 돌돌 말린 비단이 나왔다.

비단 조각을 펼쳤다. 세필로 짧게 적어 놓은 글자들.

내년 봄 신라에서 금관가야를 방문할 때 저 역시 금관가야로 갈 것입니다. 가야에서 뵙기를 고대합니다. 백아.

백아, 사아가 왜에 있던 시절, 백제에서 왔다 하여 백아로 불
렸다고 했다.

스님 요

옥진과 함께 비대공의 재롱을 보던 왕은 자리를 털고 일어났
다. 옥진의 나긋나긋한 손길 아래 쉬고 싶기도 했지만, 위화랑
을 만나야 했다.

왕은 호위무사만 데리고 신당 옆에 세운 자추사로 향했다.
자추사는 왕궁 내인들을 위해 세운 조그만 절이었다. 아침저녁
으로 준정이 부처님께 공양을 드리고, 초하루와 보름에는 덕이
높은 스님들이 불경을 외며 부처님의 뜻을 받들었다.

위화랑이 자추사에 먼저 와 있었다. 부처님 앞에 절을 올린
후 옆방으로 건너와 위화랑과 마주 앉았다. 준정이 차를 내려
놓고 물러났다.

"백제의 사신들은 잘 도착했다고 하오?"

"예, 폐하. 짐작대로 사신들은 금관가야에 들른 후 백제로 갔
다 하옵니다. 신라와 금관가야의 합병을 방해하려는 의도가 분
명합니다."

왕은 고개를 끄덕이고, 위화랑에게 백제의 교육제도에 대해 물었다.

"하명하신 대로 사신들에게 확인해보았습니다. 백제는 고구려처럼 중앙의 교육기관과 사교육이 엄밀하게 분리되어 운용되는 것 같진 않았습니다. 박사제도를 두고 유교 경전과 기술을 배우는 것이 맞았습니다."

"기술을 배운다고?"

"예, 천자문과 논어를 기본으로 하고 5경 박사가 귀족들의 교육을 맡는다고 합니다. 의박사와 역박사를 두어 기술학도 가르친다고 했는데, 이는 평민들도 참여가 가능하다 합니다. 또한 불교 교리도 연구한다고 했습니다."

"음, 그대가 보기에 우리 낭도 교육과 비교하면 어떻소?"

위화랑은 머리를 조아린 후 낭랑한 음성으로 조목조목 꼬집어 대답했다.

"폐하의 짐작대로 교육에 체계가 있고, 내용도 폭넓었습니다. 다만, 우리 낭도의 수련이 우수한 부분도 있었는데, 그것은 우리가 낭도의 심신수련을 강조한다는 것입니다. 글공부만이 아니라 심신을 수련하게 하고 음악과 문학의 도에 대해 가르치고 있으니, 이 부분이 우리 낭도 교육의 장점이라 확신합니다."

"음, 심신수련이라…… 우리 신라의 낭도들은 유교와 도교를 아우르는 교육을 하고 있단 말이군."

"거기다 앞으로 불교 교리까지 배운다면, 유불선의 조화를 이루는 교육이 가능할 것입니다."

왕이 무릎을 쳤다.

"바로 그것이오! 내 생각도 그러하오. 유불선이 조화를 이루는 교육! 이것이 우리 신라의 교육이 가야 할 큰 방향이오."

위화랑은 낭도들이 하고 있는 공부를 자세하게 왕에게 아뢰었다. 한자를 기본으로 한 경전 공부와 심신수련을 위한 무술 훈련, 그리고 각 분야에서 이미 뛰어난 낭도들이 배출되고 있음을 강조했다.

"그렇다면 불교 교리를 제대로 가르칠 수 있는 훌륭한 스승이 필요하겠군. 덕을 갖춘 스님이 낭도들을 부처님의 제자로 인도해 호국불교를 제대로 가르치면 좋겠소."

준정이 화로에 넣을 숯을 들고 방에 들었다.

"준정 랑은 이리 가까이 오라."

왕의 말에 준정은 숯덩이가 든 화로를 한쪽에 두고 위화랑 옆의 의자에 앉았다.

"자추사에서 부처님을 모시며 낮에는 낭도들과 함께 생활하기가 어떠하냐?"

준정은 고개를 숙이고 말했다.

"과한 대접을 받으며 지내고 있습니다. 하지만 이제 제 자리로 돌아가야 할 때라고 생각합니다."

차분한 어조로 왕의 호의를 당당히 거절하고 있었다.

"네 자리라니?"

"원래 불가에 귀의해야 할 몸인데 공주님들의 은혜를 입어 감히 랑이 되었습니다. 그러나 제 본분을 잃어버리기 전에 월성을 떠나 부처님 곁으로 가고 싶습니다."

왕은 떠나려 하는 준정에 대한 안타까움이 스미는 것을 어쩔 수 없었다. 저 마음을 가질 수는 없구나. 마음을 돌리기는 어려운 일이구나.

"위화랑은 준정 랑의 말을 어찌 생각하시오?"

"폐하의 말씀대로 낭도들의 교육은 큰 방향에서 유불선의 조화를 목표로 삼을 것입니다. 장차 훌륭한 스님을 모셔 낭도들에게 교리를 가르칠 것인데, 불심이 깊은 준정의 도움이 크게 필요합니다."

왕은 위화랑의 대답이 만족스러워 고개를 끄덕였다.

"곧 훌륭한 스승을 모셔 오겠네. 천경림에 불사를 끝내면 모시려고 했으나, 준정의 스승이 될 만한 스님을 곧 자추사로 모시겠네."

미동도 없던 준정이 그 말에 고개를 들다가 왕과 눈을 마주치고는 황급히 눈길을 내렸다.

"그만 나가보게."

왕은 준정이 물러나는 모습을 바라보았다. 위화랑은 왕의 눈길이 그윽해진 것을 보았다.

자추사에서 스님들이 강론을 하는 날, 첫눈이 내렸다. 대아찬과 이찬, 그리고 위화랑이 낭도들의 교육에 관해 스님들과 이야기를 나누었다.

초하루와 보름 때마다 자추사를 찾았던 스님들 속에 처음 보는 스님이 있었다. 나이를 가늠하기 힘들도록 얼굴빛이 수수하고 입술이 붉었다. 입가의 엷은 주름이 스님의 인상을 인자하게 보이게 했고, 부처님의 덕을 담은 듯 깊은 눈빛을 가진 비구니 스님이었다. 이찬이 비구니 스님께 공손히 두 손을 모으고 말했다.

"앞으로 신라의 청년들에게 제대로 불교의 가르침을 전하고자 합니다. 그래서 요 스님을 자추사의 주지 스님으로 모셨습니다. 지금 공양을 맡고 있는 준정에 대해 들으셨겠지만, 이차돈과 함께 불도를 닦아 불심이 깊습니다. 스님께서 준정의 스승이 되시어 많이 가르쳐주시기 바랍니다. 준정은 앞으로 신라의 낭도들을 위해 큰일을 할 인물입니다."

요 스님이 미소를 띠고 말했다.

"소승이 감히 그 일을 할 만한 인물을 못 되지만 부처님의 뜻으로 알고 받들겠습니다."

조용하면서도 무게가 느껴지는 음성이었다. 여러 스님들이 요 스님에게 덕담을 한 마디씩 하고 회의가 끝났다.

요 스님을 마주한 준정은 깜짝 놀랐다. 오 년 전, 이차돈의 묘 앞에서, 세상을 버리려던 자신을 붙들어준 비구니 스님. 밤에 잠시 본 얼굴이라 뚜렷하진 않지만, 서늘한 목소리의 울림으로 보아 그 스님이 분명했다. 아버지의 장례식에도 잠시 모습을 보였던 스님이 요 스님이었다.

스님들께 합장하고 돌아서며 요는 하늘을 올려다보았다.

"흰 나비들이 갈 곳 몰라 허공을 떠도는구나. 어이할꼬."

눈이 요의 얼굴에 닿아 소리 없이 녹았다.

"녹아내리는 것이 눈입니까? 마음입니까? 마음이 생각을 품지 않으면 눈이 마음을 적시지도 않을 텐데."

흥얼거리는 듯한 요의 말에 지소가 공손하게 말했다.

"스님의 덕이 훌륭하다는 말씀을 익히 들었습니다. 많이 가르쳐주십시오."

"배우는 건 허하고, 덕은 누구나 가지고 태어납니다."

"부처님의 말씀을 제대로 느낄 수 있도록 가르쳐주십시오."

지소가 낮은 목소리로 간곡히 말했다. 요는 그런 지소를 물끄러미 보더니 혼잣말을 하듯 중얼거렸다.

"근심은 애욕에서 생기고 재앙은 물욕에서 생기며, 허물은 경만에서 생기고 죄는 참지 못한 데서 생긴다 하였습니다. 내 몸을 대우해주지 않음을 원망하지 말고 모든 이를 너그럽게 대하소서. 이것이 번뇌가 눈처럼 녹아내리는 길이 아닐는지요?"

지소는 입종공이 건강하지 못해 아이가 들어서지 않는다 하여 걱정이 많았다. 마치 자신의 속을 들여다보는 듯이 말하는 요에게 지소는 허리를 숙여 합장했다.

요는 준정을 따라 왕궁을 둘러보았다. 낭도들이 훈련하는 대련장과 검술장을 찾아 창검까지 살펴보았다. 요 스님은 시에

능할 뿐 아니라 무술에도 능하다고 하였다. 마구간의 말들까지 꼼꼼하게 살피는 요의 모습으로 보아 많은 준비를 하고 왔다는 걸 알 수 있었다.

요는 신당 뒤편의 대나무 숲으로 앞장섰다. 초록의 대나무 잎은 눈이 쌓여 더 싱그럽게 고왔다. 요가 대나무 가지를 흔들어 잎의 눈을 털었다.

"스님, 혹시 스님께선 예전에 저를 보신 적이 있으십니까?"

"글쎄다."

아니라고는 대답하지 않았다. 예견된 인연인가. 준정은 생각했다.

"준정아, 너는 침묵할 줄 아는구나. 가슴이 뜨거울 나이에 홀로 자추사에서 가슴을 삭이는 수행을 부지런히 했구나."

발을 옮길 때마다 대 이파리 위에서 눈이 조금씩 떨어져 내렸다. 준정은 요의 뒤를 따르며 조용히 대답했다.

"불가에 귀의하기로 한 몸입니다. 제 마음에 뜨거운 기운은 남아 있지 않습니다."

"애착을 끊고 무소의 뿔처럼 혼자서 가겠다?"

요가 준정을 돌아보며 묘한 웃음을 짓더니 대나무를 움켜쥐고 마구 흔들었다. 눈이 준정과 요 위로 그대로 쏟아졌다.

"아!"

요는 허수아비가 되어 미동 없이 서서 쏟아지는 눈을 받았다.

"나도 눈을 뒤집어쓰면 내 몸에 아직 열기가 남아 있다는 걸 알 수 있건만, 청춘인 네가 뜨거울 수 없다니.”

준정이 요의 어깨에 묻은 눈을 털어주려고 했다.

“놔두어라. 네 머리 위에 앉은 나비의 날개나 찢지 말아라. 떨고 있는 것은 날개가 아니라 바람이다.”

준정은 흠칫 놀랐다. 이차돈이 주었던 나비 장식이 머리에 매달려 있었다.

“나비를 얹은 네 마음을 만져보아라.”

요는 또 대나무를 세차게 흔들었다. 흰 눈이 두 사람을 와르르 덮쳤다.

“와하하하!”

요는 크게 웃어댔고 준정은 잠자코 서 있었다.

“너는 인연을 잡고 싶으냐? 아니면 인연을 버리고 싶으냐? 집착을 끊으려 하지만, 인연을 애써 끊으려 하니 집착이 생기지. 우리는 처음부터 부처님 손바닥 위에서 놀지 않았더냐.”

요가 눈을 털어내며 말했다. 준정은 아무 대답을 하지 않았다.

“욕망을 자르고 부처처럼 살 수 있겠느냐? 두고 보아라, 앞으로 얼마나 많은 중생들이 너에게 뻗친 욕망을 건드리려 하는지. 부처가 되려고 하지 말고 그냥 살아가면 그게 부처의 길이다.”

“허나 번뇌를 자르고 중생에게 다가가는 것이 불자인 저의 본분이라 여깁니다.”

"너와 내가 중생을 제도하기 위해 월성에 있는 것이더냐?"

요는 틀렸다는 듯 고개를 저었다.

"일체의 법은 다 허깨비고 꿈같아서, 있지도 없지도 않다고 했다. 금강경에서 그리 말씀하시지 않더냐? 무량한 중생을 제도하지만 실은 한 중생도 제도된 자가 없느니라."

요는 대나무 숲속을 걸어가 다시 대나무 하나를 흔들어댔다. 눈이 와르르 쏟아지는 소리 위에 요의 웃음소리가 겹겹이 쌓여갔다.

요 스님이 온 후, 지소가 부지런히 자추사에 들렀다. 아침저녁으로 공양을 올리며 정성을 들였다. 그리고 이듬해 봄, 지소는 그토록 바라던 아이를 가졌다.

금관가야에 온 사내

물 냄새가 났다. 하늘과 맞닿도록 펼쳐진 보리밭을 보면서 이 풍요로운 땅의 운명을 생각할 때였다. 보리밭 위로 불어오는 바람이 하늘을 푸르게 일으켜 세웠다.

남모가 말을 달려 앞서나갔다. 언덕 아래에 처음 보는 푸른 강이 넓게 펼쳐져 있었다.

"황산강*이군요."

남모는 숨을 들이마시며 강의 기운을 시원하게 받아들였다.

"가야의 생명줄이지요. 곧 강과 이 넓은 평야를 신라가 차지하게 될 것입니다."

아시공이 나지막이 말했다.

아니에요, 이 강은 신라도 가야도 아닌 백성의 강입니다. 누구의 것도 아닌, 그저 곡식을 키워내는 백성들의 품입니다. 강

---

* 지금의 낙동강

156

은 생명에게 생명을 베풀 때 비로소 강입니다.

왕의 명을 받은 이찬 칠부와 아시공, 그리고 남모가 금관가야로 향하고 있었다. 왕은 이미 수년 전에 금관가야의 구형왕을 직접 만나 합병을 논의했다. 그 막바지 일을 수행하기 위해 사신단으로 금관가야에 왔다.

나루터에서 미리 준비된 배에 올랐다. 흐르는 물에 몸을 띄우자 물이 강이 되어 흘렀다.

"이 강을 따라 얼마나 내려가면 바다가 나오나요? 가락국의 시조인 수로왕의 부인은 인도의 아유타국에서 배를 타고 이곳에 닿았다던데요."

금관가야는 예전부터 가락국이라 불렸다.

"내일 왜관에 가면 바다를 볼 수 있겠지요."

강을 건너자 금관가야의 관리들이 마중을 나와 있었다. 오색 찬란한 깃발을 들고 사신을 맞이하는 군사들 앞에 금관을 쓴 공자가 서 있었다.

"금관가야에 오신 걸 환영합니다. 저는 금관가야의 셋째 왕자 김무력이라 하옵니다."

이찬 칠부와 아시공, 남모가 차례로 인사를 했다. 김무력은 세 사람에 대해 익히 알고 있는 듯 세심하게 예를 갖추었다.

"이토록 고우신 공주님께서 직접 방문해주시니 영광입니다."

김무력은 아버지인 구형왕과 함께 고구려와의 싸움에도 직접 출전한 적이 있는 용맹한 사람이라고 했다. 기상이 호방해

보이고 굵은 목소리에 말투는 단호했다.

군사들과 김무력이 앞장서서 금관가야의 왕궁으로 향했다. 금관가야가 처음인 남모에게는 모든 것이 신기했다. 집의 형태도 신라와는 많이 달랐다. 나무로 기둥을 세워 그 위에 집을 얹어놓았다. 움집을 만들어 비와 바람을 막는 모습이 신라와 비슷한 면도 있었다.

"대장간이 많군요. 규모도 크고요."

줄지어 있는 대장간 앞에 여러 가지 농기구들이 즐비했다. 과연 철의 나라 가야라 할 만했다.

성문 앞을 지키는 병사들 중 대장인 듯한 사람이 입은 철제 갑옷이 견고하고 세련되어 보였다. 석축을 쌓아 흙으로 말끔하게 매운 토성도 생각보다 웅장했다. 남모는 하나도 놓치지 않으려고 모든 것을 세심하게 살펴보았다.

궁에서는 왕이 직접 사신을 맞을 준비를 하는 중이었다. 정사를 돌보는 태극전에 연회장을 마련하여 여러 대신들이 모여 있었다.

"어서 오십시오. 멀리서 오시느라 노고가 많으셨습니다."

구형왕이 자리에서 일어나 사신단을 맞았다. 반백의 머리를 한 구형왕은 백전노장의 위엄을 풍기고 있었다. 왕은 수년 전에 신라의 왕과 함께 가야를 방문했던 이찬을 또렷하게 기억하고 있었다.

환영식을 마치고 가야국의 왕과 이찬은 독대를 하였다. 이찬은 합병을 위한 신라왕의 특명을 수행해야 했다. 아시공과 남모는 김무력의 안내로 왕궁을 둘러보았다.

"왕자님께 긴히 부탁을 드릴 일이 있습니다. 내일은 왜관을 한번 돌아보고 싶은데 안내해주시겠습니까?"

김무력의 안색이 변하였다. 그는 마음을 숨길 줄 모르는 사람 같았다.

"왜관은 다른 나라 사신들에게 한 번도 보여준 적이 없는 곳입니다. 각 나라의 상인들이 자유롭게 드나들면서 가야국의 제재를 거의 받지 않습니다."

아시공이 김무력을 달래듯 부드럽게 말했다.

"예, 수년 전 제가 폐하와 함께 가야에 왔을 때도 왜관은 보지 못했지요. 그러나 이제 금관가야는 우리 신라와 하나가 될 사이입니다. 하나의 나라가 됩니다."

김무력의 짙은 눈썹이 꿈틀거리며 입이 무겁게 닫혔다. 꼿꼿하던 고개를 숙이며 깊은 숨을 내쉬었다.

"오백 년 가야 왕조가 막을 내리게 될 거라는 말씀이지요."

그가 모멸감을 느끼지 않도록 남모가 공손하게 말했다.

"훌륭한 철기 문화를 이룬 가야와 우리 신라의 힘이 하나가 되면 실로 풍성한 나라가 될 것입니다."

고개를 들어 남모를 바라보는 김무력의 눈은 사라질 금관가야에 대한 안타까움으로 젖어 있었다. 어느 나라보다 일찍 발전했던 금관가야지만, 고구려의 잦은 침공으로 쇠퇴한 후 백제와 신라가 서로 노리는 땅이 되었다. 더 이상 백성들을 전쟁에 내몰지 않기 위해 신라와 합병하기로 약속이 되어 있었다. 사신들을 처소로 안내해주고 돌아서는 김무력의 뒷모습은 무덤 속으로 들어가는 듯 무거워 보였다.

잠이 오지 않았다. 남모는 얇은 능에 매화 수를 놓은 가리개를 걷어 창문을 조금만 열어보았다. 연못가에 핀 이팝나무 꽃이 달 아래서 사무치게 새하얗다. 꽃잎이 떨어질 연못을 돌아보고 싶었지만 신라의 궁이 아니었다. 창문을 닫아걸고 자리에 누웠을 때였다.

방문 밖 마루에서 발자국 소리가 들렸다. 발소리가 가까이 와 멎더니 문 앞을 지키는 사모와 이야기를 나누는 듯했다. 남모는 침대에서 일어나 앉았다.

"공주님. 새벽에 추우실까 봐 화로를 들이라 하십니다."

고하는 사모의 목소리가 아까와는 다른 사람 같았다.

"그리 하시오."

검은 옷을 입은 키 큰 남자가 고개를 깊이 숙인 채 화로를 들고 들어섰다. 남모는 침대 밑에 넣어둔 칼을 잡았다.

화로를 내려놓은 남자가 고개를 들었다.

"공주님!"

남모는 방어자세를 취하며 그를 마주 보고 섰다.

"공주님, 뵙고 싶었습니다."

감정을 억누르고 낮게 떨리는 목소리, 사아였다.

"여길 어떻게?"

"가야에서 뵙자고 했지요. 그 때문에 공주님이 친히 오시지 않으셨는지요?"

사아가 준 은팔찌 안에서 나온 작은 서찰. 그 때문에 직접 사신으로 가야 땅에 와 있었다.

남모는 밖을 살피고 사아의 팔을 잡아 당겨 침상에 앉았다.

"이렇게 뵐 줄은 몰랐어요. 백제의 사신으로 가야를 방문할 계획이 있으신 줄 알았지요."

"가야는 신라에 손을 내민 뒤 백제를 경계합니다."

그렇다 하더라도 이렇게 남의 눈을 피해 방에 숨어들다니, 사아에게 어울리지 않았다.

"남의 눈에 띄면 어떡하시려고 이렇게……."

창문으로 들어온 달빛이 남모의 얼굴을 비추었다. 반가운 마음과 함께 놀란 남모는 사아를 빤히 쳐다보지 못했다. 그런 남모를 사아는 지긋이 내려다보았다.

"보고 싶었습니다, 공주님."

낮은 목소리로 속삭이는 그의 숨결이 남모의 이마에 와닿았다. 사아의 손이 잠시 머뭇거리다가 남모의 손을 잡았다. 말없이 쓰다듬다가 힘을 주어 남모의 손을 꼭 쥐었다. 남모의 손목에는 은팔찌가 걸려 있었다. 팔찌 앞에 염주를 둘러 팔찌가 빠지지 않도록 묶어놓았다.

"예의를 갖춰 공주님을 뵐 수 있으면 좋았겠지만, 상황이 여의치 않아 이렇게라도 찾아온 무례를 용서하십시오."

남모는 속으로 고개를 저었다. 만나기를 고대했으니 격식이 중요하지 않았다.

"이 궁궐 안에 제 뜻을 받드는 사람이 있지요. 공주님을 뵐 방법을 찾다 보니 이 방법밖에 없었습니다."

고개를 드니 사아의 입술이 눈앞에 있었다. 남모는 얼른 고개를 비스듬히 돌렸다. 가슴이 울렁거리고 볼이 화끈 달아올랐다.

"어머니께서 간혹 왕자님의 이야기를 하곤 하셨어요."

"공주님은 제 소식이 궁금하지 않으셨나요?"

눈길을 피하던 남모가 사아를 쳐다보았다. 달빛 아래 그의 눈빛이 간절해 보였다. 사아가 천천히 남모의 이마에 입술을 가져다 댔다. 부드럽게 떨리는 사아의 숨결, 그의 심장은 먼 길을 달려온 듯 크게 뛰고 있었다. 사아의 입술이 닿은 이마에 온몸의 신경이 집중되었다. 입술이 닿은 부분이 뜨겁게 달아올라 점점 온몸으로 열기가 번져갔다. 오랫동안 이 순간을 기다려온 것만 같았다.

한참 만에 사아가 남모의 이마에서 입술을 떼었다.

"공주님 곁을 살펴드리고자 내일은 사신단을 맞는 가야 귀족으로 변복을 할 것입니다."

"변복이라니요? 왜 왕자님께서 변복을 하셔야 하나요?"

이곳에서도 자신의 존재를 숨겨야 하다니, 사아는 말 못할 사연을 품은 듯했다.

"공주님 곁을 지키고 싶어서 그러지요. 내일은 왕릉을 둘러
보신다고요?"

"아니에요. 왜관에 가보기로 했어요."

남모의 머리를 쓰다듬던 사아의 손길이 멈칫했다. 사아의 얼
굴에서 미소가 사라진 걸 알 수 있었다.

"사신에게 왜관을 보여준다고요? 왜관은 위험합니다."

"왜 위험하다는 거죠?"

사아는 남모를 와락 껴안았다. 남모의 어깨를 쓰다듬으며 긴
숨을 내쉬었다. 남모의 머리에 뺨을 부비며 사아는 안타까운
몸짓으로 남모를 껴안았다. 그리고 팔을 풀고는 두 손으로 남
모의 얼굴을 감싸 안았다. 남모의 두 눈을 들여다보며 자신의
눈을 맞추었다.

"공주님, 앞으로 그 어떤 상황에서도 저는 공주님 편입니다.
혹시나, 그렇지 못한 상황이 온다 해도 공주님은 저를 믿으셔
야 합니다. 왜냐하면……"

남모가 망설이는 사아의 입에 입을 맞추었다. 메마른 사아의
입술에 부드러운 남모의 입술이 닿았다. 월성에서의 짧은 만남
후, 그가 그립지 않은 시간이 없었다. 서러웠던 그 시간이 물줄
기가 되어 솟구쳐 올랐다. 그때 문밖의 사모가 기침을 했다. 사
아가 자리에서 일어났다.

"공주님, 그만 가봐야 합니다. 내일 공주님은 왜관에 가지 마

십시오."

남모는 돌아서는 사아를 붙들고 싶었지만 그의 손을 다시 잡지 못했다. 사아는 소리 없이 방문을 열고 나갔다. 창문을 열어 그의 뒷모습이라도 보고 싶었지만 남모는 가만히 앉아 떨리는 가슴을 진정시켰다. 남모는 사아를 받아들이는 자신의 복잡한 마음이 아프게 흔들리는 것을 느꼈다.

다음 날 아침, 김무력이 사신단을 모실 귀족과 군사들을 데리고 왔다. 사아의 얼굴을 찾았지만 보이지 않았다.

"우리 공주님이 특히 왜관을 꼭 보고 싶어 하셨습니다."

아시공이 호탕하게 말했다. 왜관은 위험하다는 사아의 말이 남모의 마음을 옥죄어왔다.

"왜관까지는 마차를 타고 가야 합니다."

남모는 주위를 한 번 더 둘러보고는 마차에 오를 수밖에 없었다.

"공주님, 어디가 불편하십니까?"

아시공이 남모의 안색을 살폈다.

"아니에요. 괜찮습니다."

사아 생각을 떨치지 못하던 남모는 어느 순간, 짭짤한 갯내음이 사정없이 훅 밀려온 것을 느꼈다. 마차에서 내리니 눈앞에 새파란 바다가 펼쳐져 있었다. 신라에서 보던 바다와 달랐다. 신라의 동해 바다는 아득한 햇빛이 뽀얗게 끓어오르며 광활한 수평선을 자랑했다. 남해 바다는 동해보다 다정했다. 물살을

164

따라 숨을 쉬는 바다엔 작은 섬들이 띄엄띄엄 앉아 있고 햇빛은 섬 주변에서 푸른 물살을 감고 파닥거렸다.

왜관은 바닷가 평평한 곳에 나무로 높이 집을 지은 모양이었다. 바닷물이 들어오는 곳까지 나무기둥을 세워 집을 짓고 계단을 타고 바다로 내려갈 수 있었다. 배도 몇 척 대어져 있었다. 귀 위의 양쪽 머리카락을 깎고 정수리만 남긴 머리 모양을 한 사람들이 알아들을 수 없는 말을 하고 지나갔다. 가야인과 같은 옷을 입고 있었지만 왜인들이었다.

김무력을 따라 왜관에 들어갔다. 나무 복도를 따라 걷는데 지나는 왜인들이 김무력에게 인사를 했다. 갑옷을 입은 남자가 급히 다가왔다.

"오셨습니까, 형님."

왜관의 책임자인 김휘였다. 김휘는 왕의 후비 소생으로 왜의 언어에도 능통하고 왜인들의 신임도 두텁다고 했다. 김휘의 안내에 따라 들어간 방에는 왜에서 들여온 그릇과 옷감, 칼과 활 등이 전시되어 있었다.

"왜와 교역하는 물건들을 살펴보시고 왜관을 전반적으로 돌아보고자 하시네."

김무력의 말에 김휘는 낭패한 표정으로 아시공과 남모의 눈치를 살폈다.

"어제 하명을 받고 료헤이에게 이야기를 했으나 교역관을 보여주기는 어렵다고 꺼려했습니다. 아무래도 교역관은 무리일 듯합니다."

"아니, 무슨 소린가? 언제부터 료헤이가 왜관의 책임자였단
말인가? 당장 료헤이를 부르게."

김무력의 말이 떨어지기도 전에 문이 열렸다. 머리를 길게 기
르고 왜인복장을 한 젊은 무사가 허리 양쪽에 칼을 차고 들어
섰다. 그 뒤로는 머리를 밀고 허리에 칼을 찬 왜인들이 줄지어
서 있었다. 사신단을 수행해 온 군사들이 얼른 방문 앞을 막아
섰다. 김무력이 화가 나서 벌떡 일어섰다.

"사신들 앞에서 이 무슨 해괴한 짓인가? 나카무라 상이 있었
더라면 무례한 너희들을 가만두지 않았을 것이다."

료헤이가 고개를 숙여 인사를 하고 말했다.

"죄송합니다. 나카무라 상께서 왜에 가신 사이에 이런 일이
일어나 왜관이 혼란스러워하고 있습니다."

남모는 그의 목소리가 소년처럼 맑고 우리말이 능숙한 것을
보고 놀랐다. 그러고 보니 그는 왜인복장만 하고 있을 뿐 머리
도 길고 태도도 왜인 같지 않았다.

"혼란이라니? 무엇이 혼란스럽단 말인가?"

"왜관은 가야국 안에 있지만 가야국의 지배를 받지 않았고,
사신에게도 공개한 적이 한 번도 없습니다. 게다가 왜관의 많은
왜인들은 백제와 교역을 하고 있습니다. 그런데 백제와 대립하
는 신라 사신을 맞으라니, 왜관에서 싫어할 수밖에요."

당돌한 말을 차분하게 하는 료헤이에게서 신라에 대한 적대

감이 느껴졌다. 김무력이 그의 말을 가로막으며 소리쳤다.

"이것은 백제와는 상관없이 가야와 신라의 신뢰에 대한 문제일세. 자네들이 함부로 판단할 일이 아니니 교역관으로 안내하게."

료헤이가 고개를 들었다. 작은 눈에 콧날이 매섭고 머리카락으로 가린 한쪽 뺨엔 칼자국이 나 있었다.

"왜인들은 백제와의 신뢰를 더 두텁게 여기지요. 나카무라 상이 계셨더라도, 가야국의 연맹을 깨고 신라에 붙은 금관국을 신뢰하셨을까요? 이것은 금관국에 대한 왜의 믿음을 저버리는 행위입니다."

김무력이 참지 못하고 허리에게 칼을 빼 료헤이의 목을 겨누었다. 동시에 문밖에 서 있던 왜인들이 일시에 칼을 빼서 가야의 군사들을 겨누었다.

"어린놈이 감히 나랏일을 함부로 논한단 말이냐?"

료헤이는 목을 겨눈 칼 앞에서도 흐트러짐 없는 표정이었다.

"금관가야를 신라에 바치더라도 왜관까지 바치진 못할 것입니다."

그때였다.

"불이야!"

"불이야! 교역관에 불이 났다."

모두가 소리 나는 쪽으로 고개를 돌렸다. 료헤이가 말했다.

"빨리 가서 불을 끄라."

왜인들이 칼을 넣고 밖으로 달려 나가고 가야 군사들도 달려갔다. 김무력이 주춤하는 틈에 료헤이가 아시공을 끌어안았다. 칼로 아시공의 목을 겨누었다. 놀란 김무력이 천천히 칼을 내리며 말했다.

"나는 가야의 왕자이다. 가야의 역사가 끝나는 것을 생각하면 칼을 물고 죽고 싶다. 하지만 백성들은 어쩔 것이냐. 이길 수 없는 전쟁에 백성들을 내몰아 죽여야겠느냐!"

김무력은 눈을 부릅뜨고 울부짖듯 고함을 질렀다. 료헤이의 표정에는 흔들림이 없었다.

"신라의 사신을 죽여서라도 합병을 인정할 수 없다."

아시공의 목에 칼을 겨눈 채 뒷걸음질을 쳤다. 김무력은 칼을 겨눈 채 료헤이를 따라 갔다. 남모는 전시해 놓은 칼을 뽑아 들었다. 남모가 칼을 겨누자 료헤이의 눈빛이 달라졌다. 아시공을 끌고 료헤이는 복도 끝으로 갔다. 복도가 막혀 있는가 했는데 문이 열리고 검은 옷에 칼을 든 복면 남자가 나타났다.

남자의 눈빛이 남모를 보고 흔들렸다. 큰 키에 넓은 어깨, 허리를 묶은 검은 띠에 머리를 묶은 비단 띠. 남모는 그를 알아보았다. 형언할 수 없는 막막함이 그녀를 덮쳤다. 복면으로 얼굴을 가리고 눈만 내놓았으나 분명 사아였다. 바닷바람이 사납게 몰아쳤다. 복도 끝 낭떠러지 아래는 바다였다.

칼을 쥔 남모의 손이 떨렸다. 어젯밤 자신의 방에 숨어들었던 사아의 모습에 느꼈던 불안이 오늘을 예감한 것이었단 말인

가. 이 사람은 도대체 누구인가. 정녕 료헤이와 한편이란 말인가?

그는 김무력을 죽일 듯이 덤벼들었다. 남모는 료헤이에게 칼을 겨누었다. 료헤이는 아시공을 거세게 끌어안고 목에서 칼을 떼지 않았다. 김무력이 칼을 놓쳤다. 그가 죽으면 합병은 할 수 없다. 신라의 왕은 특히 김무력을 진골로 대우하여 가야국을 끌어안을 계획이었다.

남모는 두 손으로 칼자루를 쥐고 사아의 칼을 막았다. 사아의 눈빛과 남모의 눈빛이 부딪쳤다. 남모는 숨기지 못하는 자신의 마음을 베듯 칼을 휘둘렀다. 사아는 남모의 칼에 밀리며 뒷걸음질을 쳤다. 남모는 사아의 눈을 똑바로 올려다보았다.

나를 속인 것인가요?

사아가 남모의 눈빛을 피하며 몸을 돌렸다. 사아의 칼등이 남모의 다리를 스쳤다. 김무력이 다시 칼을 잡고 공격했다. 그때 아시공이 바르작거리자 료헤이의 칼이 아시공의 어깨를 스쳤다. 남모가 재빨리 료헤이의 옆구리를 찔렀다. 료헤이는 칼을 놓고 아시공을 안은 채 물로 떨어졌다.

김무력의 가슴을 노리는 사아의 칼을 남모가 재빠르게 막았다. 사아는 붉게 충혈된 눈으로 남모를 보았다. 남모를 겨눈 칼날이 자신을 베기라도 한 듯 그 눈빛은 괴로움에 떨고 있었다. 칼을 두고 겨루다가 힘껏 남모를 뒤로 밀어버리고 사아는 물에 뛰어 들었다.

"아시공, 아시공을 구해야 합니다."

김무력이 소리치며 계단을 뛰어 내려갔다. 남모는 그 자리에 주저앉았다. 바다는 뛰어내린 사람을 삼키고 무심하게 물결을 몰아가고 있었다. 김무력이 배를 지휘하여 바다로 나갔다. 남모는 칼을 놓고 몸을 떨었다. 입술을 깨문 남모의 입에서 붉은 피가 흘렀지만 남모는 바다를 향한 눈길을 거두지 못했다.

군사들이 아시공을 찾았다. 어깨에 상처를 입긴 했으나 곧 기운을 회복했다. 교역관은 불이 나기 전에 이미 텅 비어 있었다. 왜인들은 료헤이가 백제인이라고 했다. 복면 쓴 남자에 대해서는 아무도 아는 이가 없었다.

한 달 후, 금관가야의 구형왕이 왕후와 세 아들을 데리고 신라로 왔다. 왕은 가야의 왕족을 잘 대우해주고 셋째 아들 김무력을 진골로 대우해 각간 벼슬을 내렸다. 특히 서라벌에 들어와 사는 가야 귀족 자제들도 낭도에 들어올 수 있는 길을 열어주었다.

남모는 금관가야에 다녀온 후 크게 앓았다. 준정은 요 스님과 함께 남모의 병문안을 갔다. 남모의 방 앞에서 보과 부인과 마주쳤다.

"준정 랑이군요. 우리 남모가 아프고 지소 공주가 태교 중이라, 랑의 역할을 혼자 도맡아 하느라 고생이 많으시지요? 낭도들이 준정 랑을 그리도 따른다면서요?"

보과 부인은 준정을 곱지 않은 눈길로 보며 뼈 있는 말을 했다. 지소는 배가 제법 불러왔다. 얼마 전 약간의 하혈이 있은 후로 꼼짝 없이 누워만 있었다.

"스님, 잘 부탁드립니다. 우리 남모가 빨리 자리를 털고 일어날 수 있도록 살펴주세요."

남모는 침상에 앉아 있었다. 요를 향해 합장을 하고 준정을 보고는 쓸쓸하게 웃었다. 커다란 눈망울에 상실의 슬픔이 떠돌았다. 잘못된 인연을 칼로 베어내려고 상처를 스스로 덧내며 고통 속에 가라앉아 있었다. 요가 남모의 손목을 들어 맥을 짚어보았다.

"좋아지고 계십니다. 피의 흐름이 자연스러워졌으니, 마음만 비우면 자리를 털고 일어나실 겁니다."

"스님, 어쩌지 못하는 미련이 자라고 있습니다."

"억지로 비우려 하지 말고 내버려둬 보세요. 그런 후에 공주님의 마음이 가는 대로 하세요."

남모가 준정을 보았다. 풀고 싶은 이야기를 품은 눈빛이었다.

준정은 남모의 팔목에 있는 은팔찌를 보았다. 그 은팔찌 속에 있었던 글귀, 금관가야와 백아. 남모의 상심이 그 때문인지 걱정이 되었지만 준정은 묻지 못했다.

자추사로 가는 길에 준정은 신궁 뒤뜰 대나무 숲으로 갔다. 활을 들었다.

활을 들면 빗줄기 속에서 빗소리가 들리지 않아야 한다.

요는 그렇게 가르쳤다. 준정은 가장 멀리 보이는 대나무를 겨누었다. 굵은 빗줄기 속에서 멀리 보이는 굵고 푸른 빗방울 하나. 그것이 고뇌였다. 활을 당겼다.

"정말 대단하십니다."

준정은 활을 겨눈 채 뒤돌아보았다. 미진부였다.

신궁 뒤의 이곳은 요와 준정만이 드나들었다. 지소 공주나 위화랑이 간혹 요를 보러 왔다가도 이 대나무 숲에서 수련을 하고 있을 때는 조용히 물러가곤 했다.

"이곳엔 함부로 들어올 수 없습니다. 요 스님께서 수련하시는 곳입니다."

준정이 활을 대나무에 걸어놓았다.

"여쭙고 싶은 말씀이 있습니다."

준정이 돌아서서 미진부를 보았다.

"왜 저에게만 냉정하신지 묻고 싶어서 왔습니다. 오늘 단체 대련에서도 제가 이긴 듯했지만 준정께서는 김휘의 편을 들어주셨습니다."

그렇게 말하는 미진부가 어려 보였다.

"김휘는 나이도 많고 가야에서 병부의 관직에 있던 사람입니다."

"연장자라도 승부는 냉정해야 하지 않습니까?"

"경험이 많아 노련할 뿐 아니라 자신을 내세우지 않고 다른 낭도들이 실력을 발휘할 기회를 줄 줄도 알았습니다. 그런데

172

미진부 낭두는 다른 낭도들을 제치고 혼자서 김휘를 이기려는 승부에만 급급했습니다. 그래서 오늘 수련은 모든 면에서 김휘가 더 나았습니다."

미진부의 눈빛이 흔들렸다.

"랑께서는 제가 왜 이기려 하는지 마음은 보지 못하셨군요. 다른 낭도들은 다 눈치를 채고 저를 놀립니다. 제가 하는 모든 몸부림이 준정 랑의 마음을 얻기 위해서라는 것을 어찌 그리 모르십니까?"

억눌렀던 마음을 토로하는 미진부의 목소리는 안타깝게 갈라지고 있었다. 준정은 미진부에게 표정이 읽힐까 봐 미진부에게서 등을 돌렸다.

"여러 낭도와 함께하는 영광을 누리고 있으나, 저는 불가에 귀의할 몸입니다. 저로 인해 낭도들의 마음을 어지럽히는 일이 생긴다면 제가 더 이상 낭도들과 함께할 수 없습니다."

미진부의 심장 소리가 들려왔다. 준정의 가슴 깊은 곳에 묶여 있던 바람이 풀려나고 있었다. 그것은 가눌 수 없는 슬픔이었다.

"언젠가 제가 준정 랑의 활솜씨를 능가하는 날이 오면 저를 다시 봐주십시오."

준정은 그것이 미진부가 사내답게 돌아서는 법이라 생각했다.

원화를 뽑다

"여기 다섯 랑은 모든 면에서 모범이 되는 사람들이오. 폐하
께서는 이 다섯 랑 중에서도 최고의 랑을 뽑아 '원화'에 봉하고
자 하시오."

준정, 미진부, 금관가야의 왕족 김휘, 남모의 호위무사였던
유수, 그리고 이사부였다. 이사부는 여러 해 동안 변방에서 공
을 세운 장수로, 왕이 서라벌로 불러 당분간 낭도들의 교육을
맡도록 했다. 지소 공주와 남모는 요 근래에 낭도 수련에 참석
하지 않고 있었다.

위화랑이 다섯 랑을 불러 모았다.

"공정한 방법으로 랑의 우두머리를 뽑을 것이지만, 우선 그
대들의 의견을 묻고 싶소. 누가 랑의 으뜸이 되는 것이 좋은지
사심 없이 얘기해보시오."

준정은 연장자에 경험이 많은 이사부가 원화로 적절하다고
했다. 그러나 이사부와 미진부와 유수는 준정이 원화가 되는

것이 마땅하다고 했다.

"그대들의 뜻은 알겠소. 폐하께서는 공정한 경쟁을 통해 랑의 우두머리를 정하실 생각이오. 검술과 궁술, 극기훈련, 그리고 낭도들의 화합을 이끄는 능력을 보아 원화를 뽑을 것이니 그리 아시오."

왕은 귀족회의에서 신라의 공교육은 낭도들의 교육을 표본으로 삼을 것을 알렸다. 또한 낭도수련대회에서 최고의 점수를 얻는 낭도들의 랑을 '원화(源花)'*로 뽑을 것임을 말했다.

"랑 중의 으뜸인 사람은 '원화'라고 하여 신라의 낭도를 대표하게 될 것이오. 원화는 품성이 어질고 무술실력이 뛰어나며 외모로 풍기는 기운이 낭도들의 자랑이 될 수 있는 사람을 뽑을 것이오."

원화제도를 만들겠다는 말에 귀족들은 만장일치로 찬성했다.

낭도수련대회 날이 밝았다. 월성 전체가 잔치의 분위기였다.

대련을 하기에 앞서 각 랑들의 시범이 있었다. 이사부는 몇몇 낭도들을 이끌고 말을 타고 달리며 과녁을 맞히는 시범을 보였다. 미진부는 달리는 말 위에서 자세를 바꾸며 아래에 있는 허수아비를 치는 시범을 보였다. 검술 시범은 남모와 유수가 함께 선보였다.

---

* 화랑의 전신으로, 준정과 남모 두 여인을 원화로 삼아 낭도들을 이끌었다. 원화제도가 법흥왕 때 시행되었다는 기록도 있고, 진흥왕 시절로 기록된 것도 있다.

김휘의 차례가 되었을 때, 대회를 심사하기 위해 앉아 있던 왕족들은 깜짝 놀랐다. 김휘는 다른 낭도와 함께 기다란 악기를 안고 나왔다. 왕만이 그 악기를 알아보았다.

"그것은 대가야의 악기인 가야금이 아닌가? 이리 가까이 가져와 보라."

김휘가 두 팔로 가야금을 안고 왕 앞에 놓았다.

"대가야를 방문하였을 때 가실 왕으로부터 직접 하사받은 가야금이옵니다."

"그래, 그대 덕분에 가야의 음악까지 들을 수 있겠군. 무슨 곡을 연주하겠는가?"

"가야금 12곡 중의 하나인 '하가라도*'라는 곡입니다."

왕이 고개를 끄덕이자 김휘는 가야금을 들고 제자리로 들어갔다.

손가락을 튕기며 연주를 시작했다. 물결이 흐르듯 맑은 소리에 새들의 지저귐이 바람을 타고 춤을 추는 듯했다. 둘이 같이 연주하다가 어느 부분에서는 어린 낭도 혼자서 손가락이 보이지 않을 정도로 빠르게 현을 튕겼다. 연주가 끝나자 낭도들 사이에서 박수 소리가 끊이지 않았다.

마지막에 나온 랑은 준정이었다. 준정은 멀리 대나무를 몇 개 세워놓고 활을 들고 나섰다. 대나무를 가만히 지켜보던 준

---

* 우륵이 지은 가야금 12곡은 가야연맹에 소속된 여러 나라들에 대한 노래인데, 그중 하가라도는 금관가야를 나타낸 것으로 추정된다.

176

정은 눈을 가리고 활을 들었다. 활의 방향을 찾느라 잠시 움직이던 준정의 팔이 화살을 잡아당겼다. 화살은 정중앙에 있는 대나무에 가서 꽂혔다. 연이서 화살 다섯 개가 같은 자리에 꽂히자 대나무가 쩍 소리를 내며 갈라졌다. 왕족들이 모두 준정의 실력을 칭송하며 박수를 쳤으나 보도 왕후만이 가만히 쳐다볼 뿐이었다.

낭도들의 검술과 궁술 대회가 이어졌다. 대회장을 빠져나온 왕은 호위무사에게 일렀다.

"각간을 불러오게."

김무력은 자주색 공복을 입고 왕을 뵈러 왔다. 낭도들의 시범을 보고 만족했다는 이야길 들었는데, 왕은 심기가 불편해 보였다.

"오늘 김휘가 가야금 12곡 중 '하가라도'를 연주하였소."

"예?"

각간 김무력의 안색이 굳어졌다.

"나는 예전에 금관가야를 방문했을 때 들은 적이 있소. 대가야가 가야연맹을 강화하기 위해 우륵으로 하여금 가야의 열두 곳 땅을 지정하여 가야금 12곡을 만들었는데, 하가라도는 금관가야, 상가라도는 대가야를 말하는 것이오."

왕의 말이 무슨 뜻인지 짐작이 갔다. 가야연맹의 결속을 다짐하는 노래를 부른 것은 무슨 저의가 있는 것인가? 의심의 눈초리를 보내고 있었다. 옛 가야를 잊지 않겠다는 의도로 보일

수도 있다. 가야연맹을 가장 먼저 깨고 신라와 합병한 금관가
야였다. 살아생전에 이 굴욕감을 떨칠 수가 없을 것이라고 김
무력은 주먹을 쥐었다.

"가야 출신 낭도들이 많은데, 김휘가 선동이나 하지 않을까
우려가 되오. 이 말은 내가 그대에게만 하는 말이오."

"신, 폐하의 의중을 헤아려 걱정하시는 일이 없도록 하겠습
니다."

김무력을 진골로 대우하고 각간이란 높은 벼슬까지 준 왕이
었다.

"내일 밤 낭도들이 금오산에서 극기훈련을 하오. 왕궁의 정
예 부대를 위화랑에게 보내 낭도들을 보호하는 임무를 각간이
함께 맡도록 하시오."

혹시나 가야 출신들이 딴마음을 먹지 않도록 가야 왕족이
가서 지키라는 말이었다. 수많은 낭도들의 안전이 달린 막중한
임무였다.

다음 날 오후, 낭도들은 대열을 정비해서 금오산으로 향했
다. 천여 명의 낭도들이 행진하는 모습을 보려고 많은 백성들이
거리로 나왔다. 젊고 늠름한 낭도들의 모습을 보고 백성들은
박수를 보내었다.

금오산은 높지는 않으나 암석이 많아 험한 산이었다. 다섯
랑들은 모두 지정된 자리를 찾아 진지를 만들고 담력훈련을 했
다. 위화랑은 산 중턱, 석벽이 병풍처럼 세워진 릉골에 자리를

잡고 다섯 랑들의 보고를 받았다. 석벽에 등불을 매달아 멀리서도 잘 보이도록 하였다. 다섯 랑들이 요새를 만든 곳에도 위치를 알려주는 횃불이 올라와 있었다. 유난히 큰 보름달이 금오산을 환히 비추었다.

담력훈련을 마친 랑들이 위화랑에게 모였다.

"단 한 명의 낙오자도 있어서는 안 된다."

다섯 랑이 각각 낭도들의 상황을 보고할 때였다. 갑자기 남쪽 요새 쪽에서 외침이 들려왔다.

"불이다! 불이다!"

랑들은 일어나 아래를 내려다보았다. 작은 불길이 일렁이는가 싶더니 빠르게 숲으로 번져갔다. 김휘의 낭도들이 있는 장소였다.

"동편에서 불화살 몇 개가 동시에 날아왔다 합니다."

불화살이라니, 누군가가 고의로 낭도들을 공격했단 말이었다. 위화랑이 랑들에게 낭도들을 단속하여 불을 끄라 명하고, 유수에게 따로 명을 내렸다.

"자네 낭도들이 가장 아래쪽에 있으니 산을 내려가 만약을 대비하게. 마차와 물을 대기시키고 왕궁에 지원을 요청하고. 지원병과 함께 산 입구를 철저히 지켜 산을 내려오는 수상한 자를 모두 붙들어야 하네."

금오산은 이미 낮부터 출입을 막고 김무력이 군사들을 데리고 철저히 살펴본 뒤였다. 그래도 불측한 무리들이 숨어들어 오려면 불가능하진 않았다.

　다른 낭도들은 계곡 쪽에 진지를 구축했으나 김휘의 요새는 나무로 둘러싸여 있었다. 낭도들은 당황한 가운데서도 불길을 잡으러 뛰어다니고 있었다. 그들 중 몇 명이 외쳤다.

　"저쪽, 동편에서 화살이 날아왔습니다."

　동편 아래쪽에는 이사부 낭도들의 요새가 있었다. 준정은 이사부와 함께 동편의 낭도들에게 달려갔다. 동쪽 요새 위편으로는 석벽이고 낭도들이 자리한 뒤쪽은 낭떠러지 아래로 계곡이 이어졌다. 이사부는 대열을 정비해서 인원을 확인했다. 준정은 그 사이 계곡으로 내려가는 길 쪽으로 달려갔다. 만약 누군가 불화살을 쏘고 도망을 간다면 위험한 낭떠러지보다는 계곡으로 내려가는 길을 택했을 것이다.

　부처님, 부디 낭도들이 다치지 않게 해주십시오.

　그때 준정은 다급하게 달려오는 발자국 소리를 느꼈다. 횃불을 높이 들고 고개를 들었을 때 낭도 복장에 복면을 쓴 사내들이 나타났다.

　"누구냐?"

　사내들은 주저 없이 준정을 공격해왔다.

　"감히 랑을 공격하고도 살기를 바라느냐!"

　준정의 호통에 사내들이 잠시 멈칫했다. 유난히 밝은 달빛이 서로 눈짓을 주고받는 사내들의 얼굴을 비추었다. 복면을 한 이들이 낭도들이라니 준정은 믿기지 않았다. 사내들이 처음보다 더 맹렬하게 칼끝에 살기를 실었다. 여러 명이 함께 덤비자 준정이 점점 뒤로 밀렸다. 칼끝이 준정의 어깨를 스치고 지나갔다. 다음 순간, 칼날이 준정의 가슴을 정확하게 겨누었다.

"멈추어라!"

낮고도 강건한 목소리. 준정은 검을 겨눈 채로 고개를 돌렸다. 이사부의 낭도들이기를 바랐으나, 검은 옷을 입고 복면을 한 자들이었다. 깊게 울리는 목소리의 사내는 키가 컸고 다른 한 명은 여인네처럼 작고 여린 몸집이었다. 키가 큰 사내가 다가와 고갯짓을 하자 준정에게 칼을 겨누던 낭도 복장의 사내들이 일제히 몸을 돌려 달리기 시작했다. 준정이 그들을 쫓아가는데 뒤에서 이사부의 목소리가 들려왔다.

"준정 랑!"

그들은 계곡 아래로 뛰어내렸다. 어둠 속에서 그 뒷모습이 보였다 사라졌다 했다. 달빛이 허옇게 비친 계곡은 거대한 동굴이 되어 복면한 자들을 삼켰다. 마음이 급한데 곧 따라올 것 같던 이사부는 기척이 없었다. 저 아래쪽의 절벽 밑으로 숨어버리면 저들을 찾기 어렵다. 준정은 발소리를 줄이고 민첩하게 계곡이 내려다보이는 길을 따라 그들을 추적하기 시작했다.

문득 어둠 속에서 사람의 말소리가 들려왔다. 준정은 몸을 낮추고 숨을 죽였다. 커다란 바위 뒤에 몇 명이 모여 있는 기척을 느꼈다.

"여기서 물러나야 하오. 저들에게 잡히면 죽음을 면치 못하오.”

"아닙니다. 혼란한 틈을 노려 한 번 더 공격하라는 명령이었습니다. 금오산을 불바다로 만들면 많은 낭도를 죽음으로 몰 수 있습니다.”

놀라서 우왕좌왕하고 있는 낭도들이 다시 공격을 받는다면 인명피해가 클 것이었다.

그때 급하게 다가오는 발소리가 있었다. 이사부인가 싶어 고개를 들려던 준정은 퍼뜩 엎드렸다. 김휘였다. 김휘는 준정이 엎드려 있는 곳에서 바위 쪽으로 펄쩍 뛰어내렸다.

"어찌할 생각이오?"

김휘가 물었다. 김휘가 그들과 한통속이라는 걸 깨달은 준정은 심장이 멎는 듯했다.

"한 번 더 공격할 테니 어둠 속에서 닥치는 대로 낭도의 목을 베시오.”

"알겠소. 이것은 가야 출신 낭도들을 겨냥한 것으로 해야 하니 뒤처리를 잘 해주시오.”

"김휘 공, 위험해서 안 되오. 그만해야 하오.”

"낭도들을 와해시킬 좋은 기회요. 신라의 낭도들이 가야국 출신들을 공격한 것으로 하면, 옛 가야의 장수들에게 적개심을 불러일으킬 것이오.”

김휘는 준정이 숨어 있는 쪽으로 올라왔다. 준정은 더 기다릴 수 없었다. 김휘 앞에 벌떡 일어나 검을 겨누었다.

"김휘 랑, 그대를 믿었건만!"

준정의 칼끝이 김휘의 목을 겨누었다. 김휘는 얼어붙은 듯 아무 말도 못했다. 복면을 한 남자들이 검을 뽑고 올려다보았다.

"한 놈이라도 한 발자국만 움직이면 김휘의 목을 벨 것이다!"

그러자 그들 중 한 명이 말했다.

"랑의 솜씨가 훌륭하긴 했지만 우리를 혼자 대적할 수는 없다."

준정의 칼끝이 김휘의 목에 닿았다.

"김휘의 목을 베고 시작하지."

그때 등 뒤에서 나무들이 일제히 외치는 듯한 소리가 달려왔다.

"준정 랑, 어디 계시오?"

이사부와 그의 낭도들이 분명했다. 준정이 큰소리로 외쳤다.

"계곡 쪽입니다."

바위 뒤에 서 있던 그들이 도망치기 시작했다. 나무를 헤치고 이사부가 모습을 드러냈다. 김휘를 이사부에게 맡기고 준정은 계곡으로 뛰어내렸다. 이사부의 낭도들도 준정을 뒤따라왔다. 그들은 예상대로 절벽 쪽으로 도망갔다.

준정은 활을 겨누었다. 절벽 앞에서 검은 형체를 한 사내들이 먼저 뛰어내렸다. 준정은 키가 큰 남자를 향해 화살을 당겼다. 등에 화살을 맞았지만 그대로 절벽 아래로 사라졌다.

다행히 불은 릉골에서 크게 번지지 않았다. 날씨가 메마르지 않았고 계곡의 물을 이용할 수 있었기 때문이었다. 조직적으로 잘 훈련된 낭도들은 숨은 불씨를 정리하기 위해 몸을 사리지 않았다. 불이 난 와중에도 크게 다친 낭도는 없고 낙오자도 없어 보였다.

김휘는 랑들 앞에 꿇어앉아 있었다. 준정에게서 복면한 자들이 낭도복을 입고 있었다는 이야기를 들은 랑들은 충격을 받았다.

"낭도들이 이런 엄청난 일을 꾸몄다면 이건 반역이나 마찬가지요! 김휘의 낭도들을 조사해야 합니다."

그러나 준정은 고개를 저었다.

"그들은 낭도가 아니었을지도 모릅니다. 그들은 저를 모르는 듯했습니다. 낭도라면 저를 못 알아볼 리가 없지요. 다른 불측한 무리들이 낭도 복장을 하고 침입하여 낭도를 죽이려 한 것입니다."

가야 출신들을 잘 아는 김무력이 김휘의 낭도들을 확인하고 왔다.

"낭도들 중 이탈자는 없습니다. 허나 김휘와 공모한 자가 있는지 밝혀야 합니다."

김휘는 고개를 옆으로 돌리고 아무 말도 하지 않았다. 김무력이 김휘에게 분노해서 소리쳤다.

"가야 출신 낭도들을 공격한 것이라고 꾸며 낭도들의 분열을 획책하고 불을 질러 어린 낭도들을 태워 죽일 작정이었느냐! 모의를 한 자가 누구냐!"

위화랑도 김휘와 그의 낭도들을 번갈아 보며 위엄 있는 소리로 말했다.

"나 역시 각간과 같은 생각이다. 너의 낭도들을 일일이 문초하고 싶지 않다. 낭도의 명예에 어긋나는 행동을 한 자는 스스로 자백하고 벌을 받아라."

준정이 위화랑에게 다가서며 조심스럽게 말했다.

"만약 가야 출신 낭도들과는 상관없이 김휘 혼자 다른 무리들과 결탁한 반란이라면, 억울하게 모욕을 당하고 죄를 뒤집어쓰는 게 됩니다. 자칫 가야와의 화합에도 화를 초래할 수 있습니다."

위화랑의 눈썹이 꿈틀거렸다. 준정의 말에 일리가 있었다. 그러나 김무력은 주저하지 않고 병사들에게 가야 출신 낭도들을 한 명씩 끌어내라고 했다. 김휘와 함께 가야금을 연주한 나이어린 낭도가 먼저 끌려 올라왔다. 김무력은 벌벌 떨고 있는 낭도의 목에 칼을 겨누었다.

"폐하 앞에서 너희 둘이서 가야금으로 하가라도를 연주하였겠다? 그 저의가 무엇이었느냐?"

한 마디도 하지 않던 김휘가 그제야 다급하게 외쳤다.

"그 낭도는 아무것도 모릅니다!"

낭도가 겁에 질려 비틀거리자 칼날이 목을 스쳤다. 붉은 피가 선명하게 흘렀다. 김무력은 가야 낭도들 앞으로 걸어갔다. 그의 얼굴은 분노와 수치심으로 일그러져 있었다.

"가야인들이여. 우리 가야는 없어진 것이 아니다. 가야인은 여전히 김수로왕을 숭배하며 가야 땅에서 살고 있다. 우리는 가야 출신임을 자랑스러워하며 신라를 이끌어가는 중심에 설 것이다. 가야는 영원히 사라지지 않는다!"

김무력은 떨리는 음성으로 비장하게 말했다. 그러자 꿇어앉아 있던 김휘가 큰소리로 웃었다.

"음하하! 가야의 왕자가, 제 손으로 가야 백성을 신라에 갖다 바친 주제에 변명치고는 비굴하구나!"

모두 당황하여 김휘를 쳐다보았다.

"나라가 힘이 없으면 힘을 키울 방도를 찾아야지, 어찌 사익을 저울질해서 신라에 바친단 말이오? 가야 6국의 연맹을 저버리고 싸울 의지 없이 항복해버리다니! 이는 대가야에 반역한 꼴이요, 가야연맹을 배신한 행위오!"

김휘를 믿었던 낭도들 사이에서 술렁거림이 일었다.

"휘야! 가야연맹은 이미 고구려 신라 백제의 틈바구니에서 명맥을 이어가기 어렵다. 허울뿐인 명분을 위해 백성들의 목숨을 담보로 전쟁에 내보내는 일이 옳으냐?"

김무력이 김휘에게 다가서며 울분을 토했다.

"힘 있는 자에게 붙어 나라를 유지하는 것이 왕족의 도리란 말이오? 가야의 백성들은 신라인이 되고 싶지 않았소. 왜관에서 보지 못했소이까? 왜관은 신라를 거부했소이다!"

김무력의 칼이 다시 김휘를 겨누었다.

"휘야, 가야국들은 결국 신라와 한 나라가 되어야 한다. 그리고 우리 가야인들은 망한 나라의 백성이 아니라 신라인과 대등한 대우를 받기로 약조하였다. 자, 너와 공모한 자가 누구냐!"

그러자 아래쪽에 서 있던 낭도들 사이에서 누군가가 외쳤다.

"결국 김휘가 낭도들을 배신하고 우리를 위험에 빠뜨린 것 아닙니까?"

"가야인들이 다른 마음을 먹을 수 있단 말 아닙니까?"

여기저기서 불만 섞인 목소리가 튀어나왔다. 위화랑이 나섰다.

"김휘야! 네가 원하는 것이 낭도들을 이간질시켜 가야 출신 낭도들을 결국 모두 죽음으로 내모는 것이냐? 그렇지 않다면 공모자가 누군지 바른대로 대라!"

김휘의 눈이 붉어졌다. 그는 무언가 결심한 듯 천천히 눈을 감았다가 떴다.

"나와 공모한 사람은…… 없소."

그리고 아래쪽에 서 있는 가야 낭도들을 내려다보고 크게 말했다.

"가야인들이여! 내가 똑똑히 지켜보겠다. 자랑스러운 가야를 잊지 마라!"

말을 마친 김휘는 거침없이 김무력의 칼을 향해 엎어졌다.

칼이 김휘의 가슴 깊숙이 박혔다. 김무력이 칼을 놓고 김휘를 안았다.

"휘야! 휘야! 어찌 이리도 어리석단 말이냐. 휘야!"

김무력이 울부짖었다. 위화랑이 칼에 찔린 상처의 깊이를 살펴보았다. 랑들이 달려들었으나 위화랑은 고개를 저었다. 피가 김무력의 옷을 적셨다.

"형님!"

김휘가 피를 쏟으며 숨을 거칠게 몰아쉬었다. 김무력이 김휘의 손을 잡았다.

"혀, 형님, 나라가 힘이 없어, 이런 일을 겪었소. 우리 가야인의 손으로, 가야국을 다시 일으켜주시오. 혀, 형님……."

"휘야!"

김무력이 김휘를 끌어안고 뜨거운 눈물을 흘렸다. 위화랑이 숨이 끊어진 김휘 앞에서 합장하고 부릅뜬 그의 눈을 감겨주었다.

위화랑은 낭도들을 둘러보았다. 낭도들은 모두 충격과 실의에 빠진 모습이었다. 김휘와 공모한 가야의 낭도가 있는지는 확인할 길이 없고 낭도들 사이에서 불신이 우려되는 상황이었다.

준정이 조심스럽게 말했다.

"김휘 랑의 제를 올리고 내려가는 것이 어떻습니까?"

"여기서 말인가?"

"지금 낭도들은 간밤의 불과 김휘의 일로 불안해하고 있습니다. 김휘가 비록 잘못했으나 스스로 목숨을 버렸으니 주검을 거두어주고, 합심하여 그의 극락왕생을 빌면서 낭도들을 하나로 모아야 합니다."

위화랑은 준정의 말에 공감하며 끄덕였다. 준정이 한 발자국 앞으로 나서서 큰소리로 말했다.

"낭도들은 들으시오. 김휘 랑은 가야에 대한 충성심만으로 가득 차 있어 신라인은 될 수 없었으나 그는 뛰어난 낭도였습니다. 이번 일은 그의 충성심을 이용한 불측한 무리들이 일으킨 것으로, 이는 병부에서 조사하여 그 배후를 밝혀낼 것입니다. 김휘 랑은 우리에게 강건한 나라를 만들어 달라는 말을 남겼습니다. 이것이 김휘 랑의 마음입니다. 명예를 위해 스스로 죽음을 택한 김휘 랑을 부처님 앞에 용서하고, 랑의 극락왕생을 비는 것이 우리의 도리입니다."

준정의 낭랑한 목소리가 석벽에 부딪혀 골짜기에 메아리쳤다. 준정을 올려다보는 낭도들의 얼굴에서 불안이 걷히고 있었다.

김무력이 옷을 벗어 김휘의 상처를 감싸고 바위에 묻은 피를 가렸다. 위화랑은 어제 낭도들의 수련을 위해 빌었던 제단을 말끔히 치우고 제를 올릴 준비를 했다. 준정은 백팔 염주를 꺼내 들고 나무아미타불을 외웠다.

해가 솟아올라 밤새 열병을 앓은 금오산을 뒤덮기 시작했다.

햇빛 한 줄기가 석벽을 기어오르다가 빛을 내며 굴렀다. 낭도들은 모두 합장을 하고 김휘를 위해 빌었다. 위화랑은 불경을 외우는 준정을 가만히 바라보았다. 과연 원화가 될 만했다.

산에서 내려오는 길은 왕궁에서 나온 군사들이 사방을 지키고 있었다. 유수의 지원 요청에 남모도 군사들과 함께 왔다. 산중턱에서 제를 지낸다는 말을 듣고 남모가 산을 오르려고 할 때였다.

"게 섰거라!"

금오산을 정찰하던 병사들이 소나무 숲 사이를 쏜살같이 내달리고 있었다. 남모도 유수와 함께 소리 나는 쪽을 향해 말을 달렸다.

"수상한 자 두 명이 산에서 내려와 도주했습니다."

뒤쫓던 병사들이 남천 앞에서 말을 멈추어 있었다.

"강을 건너서는 평야라 숨을 데가 없습니다. 둘 다 복면을 하고 있었습니다. 한 명은 키가 컸고 한 명은 아주 작아 보였습니다. 키가 큰 자는 화살을 맞았습니다."

"철저하게 수색하고 인근의 민가를 다 뒤져서라도 반드시 잡아야 한다."

남모는 유수와 함께 강줄기 위쪽으로 말을 달렸다.

"핏자국입니다."

앞서 가선 병사가 외쳤다. 유수와 남모는 말에서 내려 칼을 뽑아 들었다. 키가 큰 억새들 사이로 돌아 들어가는 산중턱 평

190

지에 인가가 몇 채 있었다.

억새풀 사이를 살피며 가던 유수의 눈에 무언가가 보였다. 마른 억새풀 사이에서 무언가가 반짝 하고 빛났다. 막 떠오른 햇빛을 받아 노랗게 반짝이는 것은, 금팔찌였다. 유수는 금팔찌를 주웠다.

"흔적을 찾았는가?"

남모가 다가왔다. 유수는 금팔찌를 손 안에 꼭 쥐고 몸을 돌렸다.

"아, 아닙니다. 핏자국이 끊어졌습니다."

남모는 해를 등지고 서 있었다. 병사들의 대장이 달려왔다.

"공주님, 그들이 쏜 화살이 낭도들의 것과 달랐습니다."

남모는 화살을 받아 자세히 살펴보았다. 금관가야의 왜관에서 본 백제의 화살촉처럼 끝이 납작했다. 남모는 말에 오르며 대장에게 말했다.

"강의 상류까지 철저하게 수색하고 대가야로 가는 길목을 차단하시오."

비장하게 말하고 남모는 말을 돌렸다. 복면을 한 남자들, 한 사람은 키가 크고 한 사람은 작다고 했다. 왜관에서의 일이 떠올랐다. 사아와 료헤이의 얼굴이 눈앞에 스쳤다. 키가 큰 사람이 활을 맞았다고 했다.

아니야, 그럴 리가 없어. 사아는 나에게 한 순간의 헛된 꿈이었을 뿐, 사아는 나를 겨누었고 신라에 칼끝을 들이밀었어. 내게 사아는 없다.

남모는 입술을 깨물고 더 빨리 말을 달렸다. 유수는 남모를 따라 달렸다. 꼭 쥔 손바닥 안에서 금팔찌가 뜨거워지고 있었다. 그 팔찌가 왜 거기 떨어져 있는지 남모에게 물어볼 수 없었다.

낭도들은 서라벌로 돌아왔다. 왕은 직접 낭도들을 격려하고 랑들을 치하하였다. 그리고 김휘의 음모를 밝혀내어 낭도들을 위험에서 구한 준정을 원화로 삼기로 하였다. 준정이 거듭 원화직을 사양했으나 왕은 준정의 뜻을 받아주지 않았다.

왕은 귀족과 낭도들을 모아놓고 직접 준정을 원화에 봉하며 잔치를 베풀었다. 준정은 신라의 역사에 길이 남을 최초의 원화가 되었다. 534년, 법흥왕 21년 원화가 탄생한 날, 지소는 기다리던 아들을 낳았다.

김문주

2000년 문학사상사 장편동화 신인상 공모전에 당선되면서 여러 권의 장편 동화를 출간했다. 2016년 오랜 관심이 있었던 역사 소설을 쓰기로 결심하고 신라 화랑의 뿌리가 된 원화源花를 소재로 한 소설을 쓰게 되었다. 저서로 역사소설『부여의자』, 장편 동화『학폭위 열리는 날』,『왕따 없는 교실』등이 있다.

:: 산지니 · 해피북미디어가 펴낸 큰글씨책 ::

문학

보약과 상약 김소희 지음

우리들은 없어지지 않았어 이병철 산문집

닥터 아나키스트 정영인 지음

팔팔 끓고 나서 4분간 정우련 소설집

실금 하나 정정화 소설집

시로부터 최영철 산문집

베를린 육아 1년 남정미 지음

유방암이지만 비키니는 입고 싶어 미스킴라일락 지음

내가 선택한 일터, 싱가포르에서 임효진 지음

내일을 생각하는 오늘의 식탁 전혜연 지음

이렇게 웃고 살아도 되나 조혜원 지음

랑(전2권) 김문주 장편소설

데린쿠유(전2권) 안지숙 장편소설

볼리비아 우표(전2권) 강이라 소설집

마니석, 고요한 울림(전2권) 페마체덴 지음 | 김미헌 옮김

방마다 문이 열리고 최시은 소설집

해상화열전(전6권) 한방경 지음 | 김영옥 옮김

유산(전2권) 박정선 장편소설

신불산(전2권) 안재성 지음

나의 아버지 박판수(전2권) 안재성 지음

나는 장성택입니다(전2권) 정광모 소설집

우리들, 킴(전2권) 황은덕 소설집

거기서, 도란도란(전2권) 이상섭 팩션집

폭식광대 권리 소설집

생각하는 사람들(전2권) 정영선 장편소설

삼겹살(전2권) 정형남 장편소설

1980(전2권) 노재열 장편소설

물의 시간(전2권) 정영선 장편소설

나는 나(전2권) 가네코 후미코 옥중수기

토스쿠(전2권) 정광모 장편소설

가을의 유머 박정선 장편소설

붉은 등, 닫힌 문, 출구 없음(전2권) 김비 장편소설

편지 정태규 창작집

진경산수 정형남 소설집

노루똥 정형남 소설집

유마도(전2권) 강남주 장편소설

레드 아일랜드(전2권) 김유철 장편소설

화염의 탑(전2권) 후루카와 가오루 지음 | 조정민 옮김

감꽃 떨어질 때(전2권) 정형남 장편소설

칼춤(전2권) 김춘복 장편소설

목화-소설 문익점(전2권) 표성흠 장편소설

번개와 천둥(전2권) 이규정 장편소설

밤의 눈(전2권) 조갑상 장편소설

사할린(전5권) 이규정 현장취재 장편소설

테하차피의 달 조갑상 소설집

무위능력 김종목 시조집

금정산을 보냈다 최영철 시집

인문

엔딩 노트 이기숙 지음

시칠리아 풍경 아서 스탠리 리그스 지음 | 김희정 옮김

고종, 근대 지식을 읽다 윤지양 지음

골목상인 분투기 이정식 지음

다시 시월 1979 10 · 16부마항쟁연구소 엮음

중국 내셔널리즘 오노데라 시로 지음 | 김하림 옮김

파리의 독립운동가 서영해 정상천 지음

삼국유사, 바다를 만나다 정천구 지음

대한민국 명찰답사 33 한정갑 지음

효 사상과 불교 도웅스님 지음

지역에서 행복하게 출판하기 강수걸 외 지음

재미있는 사찰이야기 한정갑 지음

귀농, 참 좋다 장병윤 지음

당당한 안녕-죽음을 배우다 이기숙 지음

모녀5세대 이기숙 지음

한 권으로 읽는 중국문화 공봉진 · 이강인 · 조윤경 지음

차의 책 The Book of Tea
오카쿠라 텐신 지음 | 정천구 옮김

불교(佛敎)와 마음 황정원 지음

논어, 그 일상의 정치(전5권) 정천구 지음

중용, 어울림의 길(전3권) 정천구 지음

맹자, 시대를 찌르다(전5권) 정천구 지음

한비자, 난세의 통치학(전5권) 정천구 지음

대학, 정치를 배우다(전4권) 정천구 지음